Liebe wird aus Tiramisu gemacht
Patrizia von Norden, 2019

LIEBE WIRD AUS TIRAMISU GEMACHT

Eine zuckersüße Liebesgeschichte aus Bella Italia

Unter anderem Pseudonym hat **Patrizia von Norden** bereits mehrere Mittelmeer-Romane in einem großen deutschen Publikumsverlag veröffentlicht. In ihrer neuen Sweet Italy-Reihe bleibt sie dem mediterranen Flair treu und erzählt zuckersüße Liebesgeschichten aus Bella Italia. Der zweite Band dieser Reihe ist bereits in Vorbereitung.

Patrizia wünscht Ihnen unterhaltsame Lesestunden!

PROLOG

Frau Wolfrath sagte nicht einmal guten Tag, als sie das Büro betrat. Stattdessen seufzte sie schwer, nachdem sie den Computer hochgefahren hatte, und bedachte Anja mit dem Kopfschütteln einer Erzieherin.

„Noch so viele unbeantwortete E-Mails“, stöhnte sie und blies sich lautstark eine ihrer dünnen Haarsträhnen aus dem Gesicht. “Fräulein, Fräulein, was haben Sie denn nur den ganzen Vormittag über getan?“

Anja schluckte. „Tja, es geht heute eben rund. Es kommen sehr viele Mails rein“, erwiderte sie in einem möglichst sachlichen Ton.

„Nie um eine Ausrede verlegen, das Fräulein Steiger.“ Frau Wolfraths Miene war bitter. Während sie mit der Maus klickte, verzog sie ihren knallrot geschminkten Mund und saugte ihre Zunge an den Vorderzähnen fest, wodurch dieses grässliche Geräusch entstand, ein ekelhaftes Schmatzen.

Von allen Macken, mit denen Frau Wolfrath Anja jeden Tag quälte, war dieses Zungensaugen eine der schlimmsten. Am liebsten wäre Anja nun aufgesprungen und hätte ihre Kollegin angebrüllt, dass sie augenblicklich damit aufhören sollte.

Außerdem hätte sie Frau Wolfrath gerne in bestimmtem Tonfall darauf hingewiesen, dass sie seit drei Stunden nichts anderes tat, als im Rekordtempo eine E-Mail nach der anderen abzuarbeiten, denn die Beschwerden trudelten tatsächlich in Massen ein, nachdem die Zeitung einen brisanten Artikel über den geplanten Kraftwerksbau in der Fleevener Au veröffentlicht hatte.

Aber sie biss sich auf die Lippe. Was hätte es schon gebracht? Egal, wie sie sich verhielt, Frau Wolfrath würde immer einen Grund finden, um gegen sie zu sticheln.

Am klügsten war es, die Kommunikation mit dieser verbitterten Frau auf ein Mindestmaß zu beschränken. Je weniger sie sprach, desto kleiner war die Angriffsfläche.

Deshalb widmete sie sich nun wieder ihrem Computerbildschirm, öffnete die nächste Mail und tippte das Antwortschreiben. Auch Frau Wolfrath begann damit, auf der Tastatur zu klappern. Die Stimmung im Büro war frostig. Wieder einmal.

Irgendetwas mit Medien. Das war immer Anjas Berufswunsch gewesen. So gesehen hatte es sich perfekt getroffen, dass der Rheinische Bote, die größte Zeitung der Stadt, neue Mitarbeiterinnen für die Leserredaktion gesucht hatte, als sie vor zwei Jahren auf Jobsuche gewesen war. Sie hatte sich beworben und die Stelle bekommen. Nur war sie jetzt keine Redakteurin, die spannende Geschichten über die Leser des Blattes recherchierte und schrieb, wie sie es sich anfangs vorgestellt hatte. Vielmehr war die Leserredaktion eine Art Beschwerdestelle. Wenn jemand etwas an einem Zeitungsartikel zu bemäkeln hatte, und das kam sehr oft vor, landete das Schreiben in dem Postfach, das Frau Wolfrath und sie gemeinsam bearbeiteten. Und an einem Tag wie diesem, an dem in der Zeitung über ein heißes politisches Thema berichtet wurde, kamen so viele Mails, dass Anja mit dem Antworten gar nicht hinterherkam.

Die Kraftwerksbefürworter fanden, dass in dem Artikel lediglich die Argumente der Umweltschützer aufgezählt worden wären, und die Gegner sahen die Sache genau umgekehrt. Viele beschwerten sich und Anjas Aufgabe war es, ein beschwichtigendes Antwortschreiben nach dem anderen aufzusetzen und dabei stets zu betonen, dass die Redaktion des Rheinischen Boten bei jedem Thema um objektive Berichterstattung bemüht war.

Gearbeitet wurde in Schichten. Anjas Frühdienst dauerte von sieben bis fünfzehn Uhr. Frau Wolfrath hatte Spätdienst, sie kam um elf und blieb bis neunzehn Uhr. Der Mitteldienst, den es bis vor ein paar Monaten noch gegeben hatte, war gestrichen worden. Sabine, die dritte Kollegin, war nach vielen Versuchen schwanger geworden und befand sich nun in Elternzeit.

Wehmütig betrachtete Anja Sabines verwaisten Schreibtisch, der am Fenster stand. Graupeln klatschten gegen die Scheibe und verflüssigten sich dort, denn draußen herrschte ungemütliches Winterwetter.

Ja, es war bitter. So sehr Anja sich über Sabines Babyglück auch freute, gleichzeitig vermisste sie ihre Kollegin wahnsinnig. Mit Sabine hatte sie immer Spaß im Büro gehabt. Zu zweit hatten sie Frau Wolfraths Launen locker weggesteckt. Nun war sie diesen ganz alleine ausgesetzt und musste noch dazu die doppelte Arbeit erledigen. Eine Elternzeitvertretung war nicht gesucht worden. Aus Kostengründen, wie die Geschäftsführung damals betont hatte.

„Fräulein, wo ist denn die Statistik über die heutigen Beschwerden?“, kam es nun von Frau Wolfrath in schnippischem Ton.

„Dafür hatte ich leider noch keine Zeit“, erwiderte Anja. „Bin ja immer noch mit dem Beantworten der Mails beschäftigt.“

„Immer diese Ausreden!“

Unbeirrt tippte Anja weiter. Natürlich, seitdem sich die Situation mit Frau Wolfrath derart zugespitzt hatte, dachte sie immer wieder darüber nach, ob es nicht besser wäre, sich einen neuen Job zu suchen. Die Arbeit in der Leserredaktion war ohnehin nicht das, was sie sich vorgestellt hatte, und es machte definitiv keinen Spaß, sich mit einer Giftschleuder das Büro zu teilen. Jeden Tag zählte sie die Stunden, bis sie das Verlagshaus endlich verlassen durfte. Auch jetzt blickte sie wieder einmal auf die Wanduhr, doch der Zeiger bewegte sich nur im Schneckentempo.

Andererseits gab es auch Argumente, die gegen einen Jobwechsel sprachen. Der Rheinische Bote zahlte nicht schlecht.

Außerdem würden die Leute nie aufhören, sich über irgendetwas zu beschweren, was in der Zeitung stand – so gesehen war es ein sicherer Arbeitsplatz.

Zudem ging Frau Wolfrath bereits auf die sechzig zu und sprach immer wieder davon, in Frührente gehen zu wollen. Wegen ihres Rückens. Es bestand also Hoffnung, dass diese Quälerei bald ein Ende haben würde.

Als es endlich fünfzehn Uhr war, schwang sich Anja ihre Handtasche über die Schulter und verabschiedete sich wie immer freundlich von Frau Wolfrath. Diese blickte aber nur für einen Moment von ihrem Bildschirm auf und gab ein unverständliches Murren von sich. Daraufhin verließ Anja das Büro so schnell sie nur konnte.

Über einen gemütlichen Rückzugsort zu verfügen, war Anja wichtig. Gerade wegen der angespannten Situation im Büro. In der Küche ihrer Zwei-Zimmer-Wohnung duftete es nach Rosmarin und Lavendel. Auch in den anderen Zimmern erinnerte vieles an ihre zweite Heimat Italien. Die Wandbilder zeigten enge Gassen und venezianische Steinhäuser, die von einer kunterbunten Blütenpracht umgeben waren. Ansichten aus Crevello, dem kleinen Dorf in der Nähe von Verona, in dem sie viele Sommer ihrer Kindheit verbracht hatte.

Das Badezimmer war mit Muscheln und Seesternen dekoriert. Auf dem Fensterbrett befanden sich Fläschchen mit Sand aus Caorle, Bibione und Rimini. Ein Potpourri aus Orangenscheiben, Kräutern und Hölzern, die sie bei ihrem letzten Besuch in den Wäldern rund um Crevello selbst gesammelt hatte, verströmte im Wohnzimmer einen angenehmen mediterranen Duft.

Nun entspannte sie sich auf der Couch, schwenkte das Glas Rotwein, das sie sich gerade eingeschenkt hatte, und nippte daran. Während sie auf Ludwig wartete, summte sie die Arie aus Giacomo Puccinis Tosca mit, die aus den Lautsprechern kam. Sie liebte Opern, ganz speziell italienische. Ein weiteres Mal blickte sie auf die Uhr. Wo blieb Ludwig denn nur? Sie hatten halb acht vereinbart. Sie wollten doch ins Kino.

Seit beinahe zwei Jahren waren sie ein Paar. Demnächst stand der Jahrestag an. Allerdings wohnten sie nach wie vor getrennt. Es lag nicht an Anja. Wenn es nach ihr gegangen wäre, hätten sie sich schon längst etwas Gemeinsames gesucht, vielleicht ein Reihenhäuschen, in dem sie ihre gesamte Italien-Deko ausbreiten konnte. Auch all die Bilder, für die hier nicht genügend Platz war und die sich in Kisten verpackt in der Abstellkammer befanden.

Davon wollte Ludwig aber nichts wissen. Er bewohnte ein kleines, dafür umso luxuriöseres Penthouse im Bankenviertel. Im Schlafzimmer befand sich eine große Fensterfront. Wenn man den Lamellenvorhang zur Seite schob, eröffnete sich eine großartige Aussicht auf den Rhein. Außerdem war die Wohnung mit jedem erdenklichen technischen Schnickschnack ausgestattet. Es war einfach herrlich, das musste Anja zugeben. Sicher, sie konnte es nachvollziehen, dass er sich schwertat, sein Penthouse aufzugeben. Leider war es aber definitiv zu klein, als dass sie bei ihm hätte einziehen können.

Also vertröstete er sie immer wieder. Der neueste Stand: Das kommende Frühjahr – März oder April – wäre der ideale Zeitpunkt, um mit der Wohnungssuche zu beginnen, denn für den Sommer hatte er bereits zwei Urlaubswochen reserviert. Freie Tage, die er für den Umzug nutzen könnte. Das hörte sich gut an, aber ein ähnliches Versprechen hatte er auch schon vor einem Jahr abgegeben und die Wohnungssuche dann doch wieder verschoben. Dass er beim Zusammenziehen offensichtlich auf Zeit spielte, fühlte sich nicht gerade romantisch an. Die Hoffnung, dass es diesmal wirklich klappen könnte, ließ sie sich aber nicht nehmen.

Ein weiteres Mal drückte sie nun auf ihr Handy. Die Uhrzeit leuchtete auf. Himmel, nun war er schon zwanzig Minuten überfällig! Sie schrieb ihm eine Textnachricht.

„Bist du schon auf dem Weg? Wir wollten doch in die Vorstellung um halb neun!“

Es dauerte nur eine Minute, dann klingelte das Handy. Ludwig war dran.

„Verdammt, Maus, es tut mir so leid …“ Er klang gehetzt.

Anja schaltete die Opernmusik ab. „„Bello, was ist denn los?“, sagte sie ins Telefon. *Bello*, italienisch für schöner Mann – das war der Kosename, den sie Ludwig verliehen hatte.

„Es gab heute einen Kurssprung“, erklärte er. „Wir mussten kaufen, bevor es zu teuer wird. Bin länger im Büro geblieben und gerade eben erst nach Hause gekommen. Einen Moment, Maus, ich muss mal aus der Jacke.“ Es knackste und raschelte, weil er das Handy weglegte. Der Zippverschluss seiner Winterjacke und Schritte waren zu hören. Schließlich krachte es neuerlich in der Leitung, dann sprach er weiter: „Habe den Kinoabend völlig verschwitzt. Maus, ich weiß gar nicht, was ich sagen soll.“

„Hm.“ Anja schluckte schwer, doch bereits im nächsten Moment bildete sich in ihrem Hals ein neuer Kloß. Es war nicht das erste Mal, dass Ludwig sie versetzte. Vor Augen geführt zu bekommen, dass sie im Leben ihres Freundes nur die zweite Geige spielte und sich dies vermutlich niemals ändern würde, fühlte sich beklemmend an.

Ludwig war Banker und er liebte seinen Job. Er handelte mit Bitcoins, EOS und anderen Kryptowährungen. Lauter Begriffe, die für sie böhmische Dörfer gewesen waren, bevor sie ihn kennengelernt hatte. Mittlerweile wusste sie aber genug darüber, um bei jedem Smalltalk mitreden zu können. Die digitalen Währungen waren eben Ludwigs absolutes Lieblingsthema. Jeden Tag sprach er über die neuesten Kursentwicklungen.

„Du hättest wenigstens anrufen können“, fügte sie schließlich vorwurfsvoll hinzu.

„Maus, wie gesagt, ich hab darauf vergessen. Es tut mir leid, okay?"

Sie presste die Lippen aufeinander. „Und nun – willst du, dass wir uns heute noch sehen?", fragte sie schließlich. „Soll ich zu dir fahren?"

„Na ja", sagte er und durchs Telefon war das Knistern zu hören, das entstand, wenn er sich sein bärtiges Kinn rieb. „Ist keine gute Idee, fürchte ich. Du weißt doch, wir haben morgen die Video-Konferenz mit Tokio. Bereits um sechs Uhr morgens." Er stieß einen theatralischen Seufzer aus. „Besser, ich gehe beizeiten ins Bett. Wird ein verdammt langer Tag morgen."

„Verstehe." Warum er überhaupt diesen Abend für das Kino vorgeschlagen hatte, wenn er ohnehin keine Zeit gehabt hätte, darüber wollte sie nun lieber keine Diskussion beginnen.

„Bist du mir jetzt etwa böse, Maus?" Seine Stimme klang leise und geknickt.

„Nein, schon gut", erwiderte sie. Natürlich, sie war enttäuscht. Gerade nachdem sie sich heute wieder einmal stundenlang mit Frau Wolfraths Sticheleien rumschlagen hatte müssen, hätte sie etwas Ablenkung im Kino gut gebrauchen können. Und ihren Freund, der sie in den Arm nahm und sagte, dass man die dumme Nuss am besten auf den Mond schießen sollte. Aber Ludwigs Job ging eben vor. Das war nichts Neues und sie hatte wirklich keine Lust, auch mit ihm einen Streit anzufangen.

„Hey Maus", sagte er schließlich in bezirzendem Tonfall. „Freitagabend gehen wir gemeinsam aus. Die Investorenparty. Leckere Cocktails, du weißt doch …"

„Natürlich, ich hab's nicht vergessen." Sie seufzte innerlich. Bei dem Treffen, von dem er sprach, handelte es sich um eine Feier seiner Bank. In regelmäßigen Abständen fanden diese Investorenpartys in einer Nobeldisco in der Innenstadt statt. Für die Bankenschickeria hatte Anja nicht viel übrig, aber natürlich begleitete sie ihn dorthin.

So etwas war sie ihrem Partner doch schuldig, fand sie, obwohl es ihr absolut keinen Spaß machte, stundenlang Gesprächen über Bitcoins, Aktienkurse und Investments zu lauschen. Sie tat es für Ludwig, denn ihm waren diese Abende sehr wichtig, das wusste sie.

Nachdem sie sich voneinander verabschiedet und aufgelegt hatten, fühlte sich Anjas Herz schwer an. Es war eben leider nicht nur die Sache mit der gemeinsamen Wohnung. Warum gab ihr Ludwig so oft das Gefühl, dass er sich nicht für sie interessierte, wenn er sie doch liebte, wie er ihr immer wieder versicherte? War er wirklich ihr Mr. Right? Fühlte es sich noch gut an, mit ihm zusammen zu sein? Sie tat sich nicht leicht, klare Antworten auf diese Fragen zu finden, gerade in letzter Zeit …

Gleichzeitig fing ihre innere Stimme an, Ludwig zu verteidigen. Vielleicht war es ja in der Bank wirklich drunter und drüber gegangen. Es war doch nur um einen Kinoabend gegangen. Okay, er hatte ihn vergessen, aber das war doch kein Beinbruch, oder? Im Grunde genommen war Ludwig ein anständiger Kerl, auf den sie sich verlassen konnte, wenn es wirklich darauf ankam.

Deshalb sammelte sie sich und beschloss, die Angelegenheit abzuhaken und das Beste aus dem freigewordenen Abend zu machen. Wellness! O ja, das hörte sich verlockend an. Sie drehte die Musik wieder auf. Von den Opernklängen begleitet, begab sie sich ins Badezimmer und ließ Wasser in die Wanne. Sie öffnete die oberste Kommodenschublade und holte ein Glasfläschchen mit einer tiefvioletten Flüssigkeit heraus.

Das Lavendel-Schaumbad hatte sie in Crevello erstanden, in dem Shop für italienische Naturprodukte, der im Vorjahr auf der Piazza Cardinale eröffnet hatte, unweit der Piazza Vicenza, auf der Oma Milena früher ihre Pasticceria hatte. Es ploppte hell, als sie den Korken aus dem Flaschenhals zog. Dann gab sie einen Schuss der Flüssigkeit ins Wasser. Im nächsten Moment breitete sich

Lavendelduft im Badezimmer aus und in der Wanne wuchsen die Schaumberge.

Eine halbe Stunde verging. Nach dem Vollbad fühlte sie sich herrlich erfrischt und wickelte sich in ihren flauschigen Bademantel ein, in dem sie sich wieder zur Couch begab, wo sie den Rotwein weitertrank und die Beine hochlagerte.

Mittlerweile war es kurz vor neun und sie beschloss, Leonora in Crevello anzurufen. Auch wenn sie mehr als tausend Kilometer voneinander trennten, war Leo ihre beste Freundin – und das bereits seit Kindestagen.

„Ciao, meine Liebe“, begrüßte Leo sie, nachdem sie abgehoben hatte. Es war verständlich, dass ihr Tonfall nicht so fröhlich war, wie Anja es von ihr gewohnt war, denn sie hatten ein trauriges Thema zu besprechen.

„Gibt‘s etwas Neues bezüglich Oma Milenas Begräbnis?“, fragte Anja auf Italienisch. Nach den vielen Sommern in Crevello konnte sie die Sprache fließend. „Steht schon ein Termin fest?“

„Ja, ich wollte dich ohnehin schon anrufen“, antwortete Leonora. „Es wird am Dienstag stattfinden. Dienstag nächster Woche.“

„Einen Moment, das schreib ich mir schnell auf, ja?“ Anja begab sich zu ihrem Schreibtisch, wo sie sich das Handy zwischen Ohr und Schulter klemmte und das Datum in ihrem Notizbüchlein notierte. „Werde heute noch nach Flügen gucken und gleich morgen in der Arbeit klären, dass ich freibekomme“, versicherte sie. „Ich werde alles tun, damit ich kommen kann.“

„Oma hätte sich bestimmt gefreut“, erwiderte Leo. „Wenn sie am Dienstag vom Himmel auf uns herunterschaut und sieht, dass du extra aus Deutschland angereist bist – sie wird gerührt sein. Es werden viele Leute kommen. Sie hatte ja so viele Freunde in Crevello. Jeder mochte und verehrte sie.“

„Aber ja, das weiß ich doch." Nachdenklich senkte Anja ihren Blick, nachdem sie sich wieder auf die Couch gesetzt hatte.

Hunderte Male hatte sie sich in den vergangenen Tagen innerlich vorgesagt, dass Oma Milena es gut hatte, wo auch immer sie nun war. Vierundneunzig Jahre alt war sie geworden, ein biblisches Alter. Ihr Leben war lang und erfüllt gewesen. Trotzdem, zu wissen, dass sie nicht mehr war, fühlte sich an, als würde jemand gegen Anjas Brustkorb drücken. Es war beklemmend. Sie schloss die Augen und atmete tief ein und aus.

Oma Milena war gar nicht ihre richtige Großmutter, sondern eine kinderlose Frau gewesen. Über viele Jahrzehnte hinweg hatte sie die kleine Pasticceria auf der Piazza Vicenza in Crevello betrieben. Und Milena war weit über die Dorfgrenzen hinaus bekannt gewesen. Im Sommer, wenn die Kinder Ferien hatten, die meisten Eltern aber arbeiten mussten, versammelte sie nämlich eine Kinderschar in ihrem Laden.

Sie zeigte den Kleinen, wie man Dolci, italienische Süßwaren, nach alten Original-Rezepten herstellte. Jeder durfte mitanpacken. In der kleinen Backstube hinter dem Verkaufsraum wurde fleißig gewerkt: Es wurde im Schokotopf gerührt, kleine Kügelchen aus Marzipan wurden gerollt, mit Zuckerguss überzogen und in buntem Streusel gewälzt. Die Oma war ein wandelndes Rezeptbuch und brachte den Kindern unzählige Kniffe bei. Nur bei ihrem speziellen Tiramisu ließ sie sich nicht über die Schulter schauen. Dieses eine Rezept hütete sie wie ein Staatsgeheimnis. Es ging so weit, dass sie diese Köstlichkeit stets frühmorgens zubereitete, bevor die ersten Kinder von ihren Eltern gebracht wurden.

Außerdem schulte sie ihre Schützlinge zu kleinen Verkaufsgenies. Wenn in der Pasticceria Hochbetrieb herrschte, pries der eine draußen auf der Piazza die Dolci an, während der andere hinter der Theke Bestellungen aufnahm, ein dritter die Kasse bediente und ein vierter gerade mit einem Tablett voller Nougatkugeln aus der Backstube stolzierte und sie in die Glasvitrine schlichtete. Jeder hatte seine feste Aufgabe. Alle waren mit Freude und Eifer bei der Sache und Milena verdiente mit dieser speziellen Form der Ferienbetreuung ein Zubrot. Die Kinder liebten sie.

Dies galt auch für Anja, die eines dieser Kinder gewesen war. Sie war von ihrem Vater alleine großgezogen worden, weil ihre Mutter früh gestorben war. Friedhelm Steiger hatte damals als Ingenieur bei einem großen rheinländischen Pharmakonzern gearbeitet.

In den späten 1990er-Jahren stand er vor einem Problem. Anja war gerade im Grundschulalter, als ihn seine Firma nach Verona schickte, wo am Stadtrand ein neues Arzneimittelwerk errichtet wurde. Er bekam den Auftrag, die Installation komplizierter technischer Anlagen zu überwachen.

Eine Herausforderung für einen alleinerziehenden Vater mit einem Kind, das gerade Sommerferien hatte. Seine Mutter, Anjas tatsächliche Oma, litt an schwerem Rheuma. Sie war zu krank, als dass sie sich einen ganzen Sommer lang um ihre Enkeltochter hätte kümmern können. Andere Verwandte gab es nicht.

Friedhelm hatte aber eine nette Arbeitskollegin, die vor demselben Problem gestanden war und deshalb recherchiert hatte. Diese schickte ihn zur *Dolce Nonna* in Crevello – der süßen Oma, wie Milena, die damals bereits um die siebzig war, von den Einheimischen genannt wurde.

Gemeinsam mit seiner Tochter mietete sich Friedhelm in einer Pension unweit der Piazza Vicenza ein. Mehrmals besuchte er die Pasticceria und beobachtete das fröhliche Treiben. Nachdem er sich überzeugt hatte, dass dort alles mit rechten Dingen zuging, gab er sein Kind in die Obhut der Frau.

Milena konnte ein paar Brocken Deutsch und kümmerte sich rührend um die kleine Anja aus Deutschland. Und das Mädchen lernte schnell.

Friedhelm machte große Augen, als Anja am Ende des Sommers munter auf Italienisch plapperte.

Auch als sie wieder zurück in Deutschland waren, sprach Anja andauernd von der Dolce Nonna. Ihren Klassenkameraden erzählte sie begeistert von ihren Erlebnissen in Italien und nichts wünschte sie sich sehnlicher, als auch den nächsten Sommer wieder mit den anderen Kindern in Oma Milenas Pasticceria verbringen zu dürfen. Ein Wunsch, den Friedhelm seinem kleinen Mädchen, das es ohne Mutter ja oft genug schwer hatte, unbedingt erfüllen wollte. Er setzte alle Hebel in Bewegung, um auch im darauffolgenden Jahr zu Arbeiten im Werk von Verona eingeteilt zu werden – und der Plan ging auf.

Die vier Sommer, die Anja in Crevello verbracht hatte, zählten zu ihren schönsten Kindheitserinnerungen. Ganz besonders der letzte, in dem sie eine dicke Freundschaft mit einem einheimischen Mädchen geschlossen hatte, das ebenfalls bei Milena in Betreuung gewesen war: Leonora.

Als Anja keine Kinderbetreuung mehr benötigte, hielt sie trotzdem weiter Kontakt nach Crevello. Immer wieder reiste sie in das venezianische Dorf, zunächst noch mit ihrem Vater, und als sie dafür alt genug war, auch alleine. Im Erwachsenenalter änderte sich nichts daran. Manchmal kam sie nur für ein paar Tage, vor allem im Sommer aber auch für zwei oder drei Wochen. Mehrmals im Jahr besuchte sie Leonora und Milena, die bis ins stattliche Alter von fünfundachtzig ihre kleine Pasticceria führte.

Als die Dolce Nonna schließlich nach einem leichten Schlaganfall in eine Seniorenresidenz übersiedelte, verstärkte Anja die Frequenz ihrer Besuche. Alle drei bis vier Monate war sie nun vor Ort. Jedes Mal bekamen Milenas Augen einen freudigen Glanz, wenn Anja und Leonora, ihre ehemaligen Bambini, bei der Tür reinkamen und sie zu einem Spaziergang abholten.

Die Residenz verfügte über einen wunderschönen Garten mit Pinien, Kirschbäumen und Gladiolen, die in allen Farben blühten. Milenas Lieblingsplatz war die von einer prächtigen Glyzinie umwachsene Sitzbank. Dort plauderten die drei stundenlang.

Gab es anfangs auch noch andere Kinder von früher, die Milena regelmäßig besuchten, so blieben diese in den Jahren, in denen die Oma sichtlich schwächer wurde, fern. Irgendwann waren es nur noch Leonora und Anja, die kamen – das erzählte ihnen die greise Dame bei einem der Besuche mit schwacher Stimme. Beim nächsten Mal, zwei Monate später, hatte sie sichtlich Schwierigkeiten, einzuordnen, wer die beiden Frauen waren, die plötzlich ihr Zimmer betreten hatten. Auch ihr körperlicher Zustand verschlechterte sich weiter. Einige Monate später verlor sie ihr Augenlicht.

Sicher, es war absehbar, dass irgendwann auch ihr Herz aufhören würde zu schlagen, dachte Anja, während sie immer noch das Telefon an ihr Ohr hielt. Meine Güte, Milena war vierundneunzig Jahre alt geworden! Man konnte sich doch nur wünschen, ein solches Alter zu erreichen. Sie hoffte inständig, dass ihre Dolce Nonna einen wunderschönen Platz im Himmel gefunden hatte – vielleicht saß sie ja gerade unter einer blütenprächtigen Glyzinie und blickte auf sie herunter.

„Meine Liebe, bist du noch dran?“, fragte Leonora verwundert.

Anja schreckte auf. „Jaja, natürlich“, antwortete sie schnell. „Entschuldige, ich war in Gedanken. Ähm, hast du mich gerade etwas gefragt?“

„Ja. Wie lange du bleiben wirst? Du wirst doch gleich für mehrere Tage kommen, oder?“

„Sicher, ich möchte, ja! Wie gesagt, ich muss es aber noch abklären“, erwiderte sie. „Mit meiner *Kollegin*“, fügte sie hinzu und merkte selbst, wie merkwürdig sie dieses Wort betonte. Es graute ihr davor, Frau Wolfrath um ein paar freie Tage zu bitten. Diese war zwar zum Glück nicht ihre Chefin, wegen Sabines Babypause musste Anja aber jeden Tag, den sie von der Arbeit fernbleiben wollte, mit

Frau Wolfrath abstimmen. Es durfte nicht sein, dass die Leserredaktion unbesetzt blieb.

„Du musst es mit der alten Hexe besprechen?“, fragte Leonora nach.

„Sieht so aus, ja, leider.“

„Mamma mia!“, rief Leo, die über die angespannte Situation mit Frau Wolfrath bestens Bescheid wusste, denn Anja hatte ihrer Freundin nicht erst einmal das Herz ausgeschüttet. „Wie läuft es denn derzeit mit der alten Hexe?“, erkundigte sie sich.

„Unverändert, die Wolfrath treibt mich zur Weißglut. Jeden Tag. Bald kann ich einfach nicht mehr.“ Anja stöhnte gequält. „Ach Leo, momentan läuft überhaupt nichts rund. Auch Ludwig hat heute wieder einmal auf mich vergessen. Eigentlich wären wir jetzt gerade gemeinsam im Kino.“

Es entstand eine Pause, weil sich Leo mit ihrer Antwort Zeit ließ. „Die Lösung ist doch ganz einfach“, verkündete sie schließlich. „Komm nach Crevello und alles wird gut!“

Anja stutzte. „Wie meinst du das?“, erwiderte sie. Sicher, sie liebte Venetien. Normalerweise genoss sie jede Minute in Crevello, doch gerade diesmal war es ein äußerst trauriger Besuch, der bevorstand. Warum sollte also alles gut werden?

„Ich meine es so, wie ich es gesagt habe“, erklärte Leo. „Komm her und bleib! Zieh nach Crevello! Du hast doch schon mehr als nur einmal erwähnt, dass du am liebsten in Italien leben würdest.“

„Ach, das war doch nur so dahergesagt.“ Trotz des traurigen Gesprächsthemas musste Anja nun grinsen. Ihre Freundin hatte manchmal die verrücktesten Ideen.

„Ich meine es aber völlig ernst“, stellte Leo klar.

Unverzüglich begann Anja damit, Gegenargumente aufzuzählen. „Versteh doch, mein Zuhause ist in Deutschland“, sagte sie. „Und mein Freund lebt auch hier.“

„Mamma mia!“, rief Leo ins Telefon. „Es ist ein Job, wegen dem du mir seit Wochen die Ohren vollheulst. Und dein Freund …“ Sie stieß einen verächtlichen Pfiff aus. Ihre Freundin hatte noch nie einen Hehl daraus gemacht, dass sie von Ludwig nicht besonders viel hielt. Er wäre ein unromantischer Bürohengst. Ein Langeweiler, der überhaupt nichts von Gefühlen verstand, betonte sie immer wieder.

„Leo!“, ermahnte Anja sie. „Ich kann nicht nach Crevello ziehen. Ich bräuchte einen Job und glaube nicht, dass ich so leicht einen finden würde. So toll ist mein Italienisch nun auch wieder nicht. Ich müsste ja irgendwo wohnen und Miete zahlen und und und …“

„Erstens ist dein Italienisch perfekt“, widersprach Leo. „Und zweitens könntest du selbstverständlich bei mir wohnen.“

Na gut, Anja hatte schon oft auf Leos Wohnzimmercouch übernachtet, aber dies war doch keine Dauerlösung. „Deine Wohnung ist viel zu klein für zwei“, argumentierte sie.

Warum versteifte sich Leo so sehr auf diese verrückte Idee? Fieberhaft suchte Anja nach weiteren Gegenargumenten. Ihr geistiges Auge spulte aber einen anderen Film ab. Es tauchten wunderschöne Bilder auf – von den kopfsteingepflasterten Gässchen, die sich durch Crevello schwangen, von den alten Steinmauern und farbenfrohen Blumen, die an ihnen emporwuchsen. Sie sah Oleanderbäumchen in reichlich verzierten Terrakottatöpfen und zwischen Häusern gespannte Leinen, auf denen kunterbunte Wäsche im Wind flatterte. Plötzlich hatte sie den Duft herzhafter Pasta in der Nase und hörte jemanden *Gelato* rufen.

Natürlich, sie träumte von einem Leben in Crevello. Seit dem Kindesalter war sie der größte Italien-Fan, den man sich nur vorstellen konnte. Aber sie musste vernünftig bleiben. Einfach so ihr Leben in Deutschland hinschmeißen, das ging doch nicht!

„Ach, wegen der Wohnung musst du dir keine Sorgen machen“, entgegnete Leo nun. „Ich habe jetzt ein Haus. Es ist groß genug für uns zwei.“

„Wie? Seit wann denn das?“, entfuhr es Anja und sie legte ihre Stirn in Falten. Leonora hatte nie ein Sterbenswörtchen davon erwähnt, dass sie vorhatte, sich ein Haus zu kaufen, und normalerweise besprachen die Freundinnen alles miteinander.

„Milena hat mir ihr Haus vererbt“, verkündete Leo.

Stille. Anja war baff. Über Omas Besitztümer hatte sie sich ehrlich gestanden noch nie Gedanken gemacht. Sie wusste lediglich, dass die Pasticceria leerstand, seitdem Milena sie vor elf Jahren aufgegeben hatte. Gewohnt hatte die Oma früher im Nebenhaus, in das nach ihrem Umzug in die Seniorenresidenz andere Leute eingezogen waren.

Nun sammelte sich Anja wieder. Wie rührend es war, dass Milena Leonora in ihrem Testament bedacht hatte. Und gerecht! Milena hatte keine nahen Verwandten mehr gehabt und niemand hatte sich in den letzten Jahren so aufopferungsvoll um die alte Dame gekümmert wie Leo. Es war ihrer Freundin also aus vollstem Herzen zu gönnen, dass sie nun ein großzügiges Erbe erhielt.

„Das ist ja toll.“ Ihre Stimme klang ergriffen. „Aber wohnen in Omas Haus nicht derzeit andere Leute?“

„Nicht doch, ich meine nicht das Haus neben der Pasticceria“, korrigierte Leo. Ihre ansonsten so temperamentvolle Freundin senkte ihre Stimme und begann, geheimnisvoll zu erklären: „Du musst wissen, Omas Pasticceria muss eine wahre Goldgrube gewesen sein. Unsere Dolce Nonna war anscheinend eine sehr wohlhabende Frau. Zeitweise hat sie sogar drei Häuser in Crevello besessen.“

„Drei? Echt wahr?“ Anjas Augenbrauen schnellten in die Höhe. In der Zwischenzeit war sie entspannt in der Couch versunken, nun setzte sie sich aber wieder auf. „Nein, davon hatte ich keine Ahnung.“

„Ich doch auch nicht", erklärte Leo. „Oma hat bei einem Notar in Verona ein Testament hinterlegt, das nun eröffnet worden ist. Habe gestern die Verständigung bekommen. Heute hatte ich bereits einen Termin in der Kanzlei. Anscheinend besaß Oma zuletzt das Haus mit der Pasticceria samt der Wohnung im Obergeschoss und ein Haus weiter oben in der Gasse, nur ein paar Minuten von der Piazza Vicenza entfernt. Dieses Haus hat sie, nun ja … mir vererbt."

„Aber was ist mit dem Haus neben der Pasticceria, in dem sie früher gewohnt hat? Das gehörte doch auch ihr, oder?"

„Nein, dieses Haus hat sie verkauft, bevor sie in die Seniorenresidenz gezogen ist. Nun ja, so hat es mir jedenfalls der Notar geschildert. Es gehört jetzt irgendeinem reichen Mann aus Venedig, der es als Wertanlage sieht und vermietet."

„Und das Haus mit der Pasticceria?"

„Keine Ahnung, darüber hat der Notar nicht gesprochen."

Anja stand der Mund offen. Das waren ja Neuigkeiten! Sie wusste nicht, ob es pietätlos war, jemandem zu einem Erbe zu gratulieren, daher sagte sie nur: „Oma hat die absolut richtige Entscheidung getroffen. Ich freu mich sehr für dich, Leo."

„Bin ihr auch ewig dankbar dafür", antwortete ihre Freundin bewegt.

Was dieses Erbe für Leo bedeutete, konnte sich Anja gut ausmalen. Ihre Freundin war in den letzten Jahren einige Male arbeitslos gewesen und deshalb in finanzielle Schwierigkeiten gerutscht, sodass sie immer wieder Probleme gehabt hatte, die Miete für ihre kleine Wohnung aufzubringen. Diese Zeiten würden nun endgültig vorbeisein – als Hausbesitzerin.

Wärme umhüllte Anjas Herz. Es war ein gutes Gefühl, zu wissen, dass ihre Freundin in Zukunft keine Geldsorgen mehr haben würde.

Während sie sinnierte, fiel ihr Blick plötzlich auf ihre venezianische Wanduhr mit goldenem Pendel.

„Huch, es ist schon spät", entfuhr es ihr. Am nächsten Tag musste sie ja wieder um sieben im Büro antanzen und möglicherweise würde es wieder viele Mails zu beantworten geben – je nachdem, welche Berichte in der Zeitung stehen würden.

„Na gut, meine Liebe. Du sagst mir Bescheid wegen Dienstag, ja?", verabschiedete sich Leo.

„Natürlich", versicherte Anja. „Schlaf gut, Leo."

Am nächsten Tag bekam Anja einen Brief. Vermutlich hatte ihn der Postbote bereits am Vortag in ihren Briefkasten gelegt, aber sie hatte vergessen nachzuschauen, als sie nach Hause gekommen war. Dies holte sie nach, als sie morgens das Haus verließ. Sie fischte den Brief heraus, steckte ihn achtlos in ihre Handtasche und machte sich auf den Weg ins Büro.

Gereizt kam sie am Nachmittag wieder nach Hause. Hinter ihr lag ein weiterer Arbeitstag voller giftiger Kommentare von Frau Wolfrath. Verärgert warf sie ihre Handtasche auf den Küchentresen. Sie trat an die Spüle, füllte ein Glas Wasser und stürzte es hinunter. Dann schloss sie für ein paar Momente die Augen, atmete tief durch und nahm sich vor, für den Rest des Tages nicht mehr an Frau Wolfrath zu denken. Ein Ritual, das sie fast jeden Tag machte.

Als sie sich gesammelt hatte und die Augen wieder öffnete, fiel ihr Blick auf den Brief, der aus der Tasche gerutscht war. Sie nahm den Umschlag und öffnete ihn. Am Poststempel erkannte sie, dass dieser Brief in Italien abgeschickt worden war. Vermutlich war es die Benachrichtigung über Oma Milenas Tod. Nachdem sie das Schreiben auseinandergefaltet hatte, betrachtete sie den Briefkopf. Bei dem Absender handelte es sich um eine Notariatskanzlei in Verona.

Trotz ihrer guten Italienischkenntnisse verstand sie nicht auf Anhieb, was der Notar ihr mitteilen wollte, da der Text viele juristische Fachbegriffe enthielt. Sie nahm ihr Handy und googelte ein paar Übersetzungen.

Nach und nach begriff sie es und ihr Herz begann wild zu trommeln.

„Oma Milena hat mir ihre Pasticceria vererbt“, rief sie aus.

ERSTES KAPITEL

Anja wischte über den Tresen. Als sie den Latte macchiato für Signora Stronzelli zubereitet hatte, war der Milchschaum übergelaufen und hatte ein paar unschöne Flecken auf der Arbeitsplatte hinterlassen. Als diese wieder sauber war, warf sie das Putztuch beschwingt in die Spüle. Herrlich schokoladiger Duft stieg ihr in die Nase. Er kam aus der Backstube, wo sich die Torta Caprese gerade im Ofen befand. Sie brauchte noch etwa zehn Minuten.

Jetzt erst merkte Anja, wie geschafft sie war. Zum ersten Mal an diesem Tag hatte sie ein paar Momente, um sich zu sammeln, also lehnte sie sich an die bunt gekachelte Mauer hinter dem Tresen und wischte sich über die Stirn.

Stolz durchflutete sie. Die Tür stand offen. Alle Tischchen draußen auf der Piazza waren besetzt. Kuchengabeln klapperten und die Menschen schnatterten. Die Vitrine im Laden war gut gefüllt. In Schokolade getunkte Biskuitröllchen, Törtchen aus Nougat und Fruchtgelee, mit Zuckerguss überzogene Kügelchen – fein säuberlich geschlichtet warteten die Dolci auf ihre Käufer. Es war ein Bild zum Dahinschmelzen.

Leonora kam mit dem Tablett herein. Ihre Freundin hatte es sich nicht nehmen lassen, ihr bei der Eröffnung der Pasticceria unter die Arme zu greifen. Eine Hilfe, für die Anja unendlich dankbar war, denn der Laden brummte. Es kamen ständig neue Gäste.

„Läuft doch hervorragend", verkündete Leo, als sie zur Theke kam. „Ich brauche noch einen Cappuccino."

„O ja", freute sich Anja und begann an der Kaffeemaschine zu hantieren. Als das Gerät zischend und dampfend das gewünschte Getränk zubereitete, sah sie ihre Freundin besorgt an. „Wie soll ich das alles ab morgen nur alleine schaffen?"

Leo ließ das Tablett stehen und kam hinter den Tresen, um Anja liebevoll die Schulter zu reiben. „Alles, was nun kommt, kann für dich doch nur noch ein Klacks sein. Liebste, guck mal, was du geschafft hast. Du hast Omas Pasticceria wiedereröffnet." Sie machte eine feierliche Geste und drehte sich im Kreis. „Erinnere dich, wie es hier vor ein paar Monaten noch ausgesehen hat. Du hast den Laden so süß hergerichtet. Es ist der pure Wahnsinn."

„Ach Leo, du bist lieb." Anja herzte ihre Freundin.

„Und außerdem …" Leo legte ihren Kopf schief. „Du weißt ja, dass ich immer für dich da bin, wenn du mich brauchst", versprach sie. „Glaubst du etwa, dass ich meine Lieblingsnachbarin im Stich lasse? Niemals!" Sie schob sich eine Strähne hinters Ohr und lachte.

Leo hatte glatte, schwarze Haare, die bis zur Mitte ihres Rückens reichten und war um gut einen Kopf kleiner als die blond gelockte Anja. Beide Frauen waren schlank, abgesehen davon hätten sie aber kaum unterschiedlicher sein können. Nicht nur vom Aussehen her, Anjas zurückhaltendes Wesen fiel hier in Italien auf, ganz besonders im Vergleich zu Leo, die quirlig war. Das italienische Temperament sprudelte regelrecht in ihr.

„Auf meine Lieblingsnachbarin", sagte Anja nun gerührt und prostete ihrer Freundin mit dem Proseccoglas zu, das sie vorhin auf dem Tresen abgestellt hatte. Auch Leo schnappte sich ihres und sie stießen miteinander an, aber nippten nur. Es gab an diesem Tag definitiv zu viel Arbeit, um beschwipst zu sein.

Nach über zwanzig Jahren enger Freundschaft über die große Distanz zwischen Venetien und dem Rheinland waren Anja und Leo nun tatsächlich Nachbarinnen geworden – zumindest, wenn man den Begriff etwas weitläufiger fasste. Leo bewohnte inzwischen das Haus, das ihr Milena vererbt hatte und das sich am oberen Ende der steilen Gasse befand. An ihrem unteren Ende mündete diese in eine kopfsteingepflasterte Piazza mit einer Mariensäule in der Mitte.

Umgeben war der Platz von venezianischen Steinhäusern, darunter jenes, das jetzt Anja gehörte. Im Erdgeschoss befand sich die Pasticceria, in der oberen Etage eine kleine Wohnung, die sie ebenfalls schon bezogen hatte.

Seit Oma Milenas Tod war nun ein halbes Jahr vergangen. Sechs Monate, in denen wahnsinnig viel passiert war. Anfangs war Anja ratlos gewesen, was sie mit dem Erbe nun anfangen sollte. Sicher, sie hätte Pasticceria und Wohnung einfach verkaufen können – aber war dies wirklich Milenas letzter Wille gewesen?

Ganze Abende lang hatte sie grübelnd auf der Couch verbracht. Zudem fanden viele nächtliche Telefonate statt, in denen sie stundenlang mit Leo diskutierte. Ihre Freundin redete auf sie ein.

„Hör zu, Liebste, Oma hat sich offensichtlich gewünscht, dass du dir deinen Traum erfüllst", argumentierte sie. „Offensichtlich wollte sie, dass du nach Crevello ziehst. Wahrscheinlich hat sie dir gerade deshalb den Laden vermacht. Als Ansporn, sozusagen. Verstehst du?"

Anja musste zugeben, dass dies logisch klang, und die Vorstellung, ihr Leben nach Bella Italia zu verlagern, schmeckte süß wie eine Torta Caprese mit Schmelzschokolade. Die süßen Düfte leckerer Dolci stiegen ihr in die Nase. Je länger sie darüber nachdachte, desto größer wurde die Versuchung.

Ludwig konnte ihrer Träumerei selbstverständlich nichts abgewinnen. Er war strikt für einen Verkauf der Immobilie und stellte bereits Berechnungen über den möglichen Erlös an. Als Anja die Zahlen betrachtete, kam ein beklemmendes Gefühl in ihr auf. Sie wollte doch Omas letzten Willen nicht mit Füßen treten. Sie konnte nicht verkaufen. Sie musste mit Ludwig darüber reden, wie es in ihrem Inneren aussah.

„Schatz, ich würde es gerne versuchen", teilte sie ihm mit, als sie eines Abends in seinem Penthouse beim Esstisch saßen und er auf seinem Laptop nach venezianischen Immobilienmaklern googelte, während er in dem vom China-Express zugestellten Chop Suey stocherte. Hinter den bodentiefen Fenstern eröffnete sich ein Wahnsinnsblick auf das Bankenviertel. Die Lichter der Hochhäuser glitzerten in der dunklen Nacht. „Ich werde Milenas Pasticceria renovieren und wiedereröffnen", erklärte sie.

Er sah von seinem Laptop auf und ließ die Essstäbchen sinken. „Maus, wie stellst du dir das vor?" Er schüttelte den Kopf und bedachte sie mit einem merkwürdigen Blick.

„Nun ja", fing sie an und räusperte sich. „Ich könnte meinen Job kündigen und nach Crevello gehen. Natürlich würde ich möglichst oft zurück nach Deutschland kommen", versprach sie schnell. „Und du, na ja, deine Arbeit findet ja größtenteils vor dem Computer statt. Vielleicht könntest du ja auch ab und an ein paar Tage mit mir in Crevello …" Natürlich, es war ein gewagter Vorschlag. Sie verlangte viel von ihrem Freund. Das war ihr bewusst. „Es gibt viele Paare, die solche Beziehungen führen", fuhr sie fort. „Bisher haben wir uns ja auch nicht jeden Tag gesehen, bei weitem nicht."

Ludwig sagte dazu nur ein einziges Wort: „Unsinn." Dann drehte er den Laptop zu ihr und zeigte ihr die Seite eines Maklerbüros, die er gerade im Netz aufgestöbert hatte.

Anja schluckte. Ihre Wünsche und Träume spielten für Ludwig keine Rolle. Das war immer schon so gewesen und würde sich vermutlich nie ändern. Gerade lieferte er dafür den besten Beweis ab. Sie erkannte, dass sie nur zwei Möglichkeiten hatte: es zu akzeptieren oder auszubrechen. Und wenn es einen idealen Zeitpunkt für einen solchen Ausbruch gab – wann, wenn nicht jetzt.

Am nächsten Tag beendete sie ihre Beziehung mit Ludwig. Er nahm es relativ emotionslos zu Kenntnis. Es folgten turbulente Wochen. Anja kündigte ihren Job.

Und ja, das lange Gesicht, das Frau Wolfrath machte, als sie erfuhr, dass sie fortan die einzige verbliebene Mitarbeiterin der Leserredaktion war und dies für sie eine Urlaubssperre bedeutete, erfüllte Anja mit einer gewissen Genugtuung.

Auf ein solches Abenteuer hatte sich Anja noch nie zuvor in ihrem Leben eingelassen. Sie zog mit Sack und Pack nach Crevello. Anfangs wohnte sie bei Leo, deren geerbtes Haus bereits bewohnbar war. Sie selbst begann währenddessen mit der Renovierung der Pasticceria und der darüberliegenden Wohnung.

Die ersten Wochen waren schwierig. Es erschien ihr unvorstellbar, dass sie mit dieser Arbeit jemals fertigwerden würde, denn in dem Laden sah es erschreckend aus. Immerhin war es elf lange Jahre her, dass Milena ihn verlassen hatte. Putz war von den Wänden gerieselt. An vielen Stellen war nur noch das bloße Mauerwerk übrig. Unter den Bodenbrettern schimmelte es, die Scheiben der Vitrinen waren entweder gesprungen oder hatten so viel Staub angesetzt, dass selbst das kräftigste Rubbeln nichts mehr half. Sie waren nicht sauberzukriegen. Anja musste den Glaser kommen lassen. Der Boden wurde komplett erneuert und die Wände frisch gestrichen. Außerdem brauchte sie neue Geräte für die Backstube, von den alten funktionierte lediglich noch die kleine Teigmaschine.

Ihr Glück war, dass sie Erspartes und viele helfende Hände hatte. Letztere waren vor allem Leo zu verdanken, die jedem in Crevello erzählte, dass die kleine Pasticceria auf der Piazza Vicenza demnächst wieder eröffnen würde und die neue Besitzerin über jede Hilfe dankbar wäre. Es sprach sich rum. Oft kamen Männer aus dem Dorf, mit denen Anja noch nie zuvor zu tun gehabt hatte, und die anboten, bei den Renovierungsarbeiten zu helfen.

Gemeinsam vollbrachten sie es, aus der Schutthalde innerhalb weniger Wochen wieder einen ansehnlichen Laden zu machen. Die alte Pasticceria erstrahlte in neuem Glanz. Vieles war zwar erneuert worden, grundsätzlich sah die Inneneinrichtung aber noch wie zu Oma Milenas Zeiten aus. Die Vitrinenscheiben waren zwar neu, die Ladentheke an sich aber noch die alte. Genauso wie die grünen Klapptischchen, die Anja draußen auf der Piazza aufgestellt hatte. Es waren jene, die sie noch aus ihrer Kindheit kannte. Oma hatte sie fein säuberlich in Plastikfolie verpackt in der Abstellkammer hinterlassen.

Neu waren auch die beiden erdbeerroten Sofas, die sie in einem Möbelhaus in Verona erstanden hatte und die nun im Ladeninneren zum Verweilen einluden. An den Wänden hingen jene Fotografien der kleinen Gässchen Crevellos, die sich früher in Anjas Wohnung in Deutschland befunden hatten. Auf den kniehohen Tischen und dem Tresen hatte sie kunstvoll bemalte Glasvasen mit Blumen und Kräutern verteilt. So duftete es im Laden nun nicht nur nach Zucker und Schokolade, sondern auch nach Nelken, Rosmarin und Zitronenthymian.

Anja beobachtete Leo, die draußen auf der Piazza gerade mit einem feuchten Lappen über eine Tischplatte wischte. Signora Stronzelli war gerade aufgestanden und ein junges Pärchen, das bereits gewartet hatte, übernahm den freigewordenen Platz. Während Leo die Bestellung aufnahm, betrat die Signora den Laden.

Sie war eine Dame um die siebzig, die ein gelb geblümtes Kleid und einen Sonnenhut mit breiter Krempe trug. Nachdem sie von der Wiedereröffnung erfahren hatte, war sie in den vergangenen Wochen fast jeden Tag vorbeigekommen, um den Fortschritt der Renovierungsarbeiten zu begutachten. An Milenas Laden konnte sie sich noch gut erinnern, wie sie erst unlängst erzählt hatte.

„Mamma mia, wenn das Milena nur sehen könnte!“, rief sie nun Anja zu und klatschte verzückt in die Hände. „Es ist wundervoll, dass es die Pasticceria wieder gibt. Dass ich das noch erleben darf! Ich hab Ihre Struffoli probiert, Kindchen, ein Traum!“ Nun erzeugte sie ein Kussgeräusch.

Die Signora war eine sympathische Frau mit schneeweißen Haaren und dunklen Augen, die fast immer strahlten. So auch jetzt.

„Haben Sie vielen Dank, Signora.“ Anja nickte und lächelte verlegen. Das Kompliment bedeutete ihr viel. Wenn sie mit ihren Backkünsten den Geschmack der Einheimischen nicht getroffen hätte, würde sie nun vor einem riesigen Problem stehen.

Im Gegensatz zu Milena war Anja keine ausgebildete Konditorin. Allerdings begeisterte sie sich schon seit vielen Jahren für Kuchen und Desserts. Eine Leidenschaft, die zweifelsohne in den Sommern bei der Dolce Nonna geweckt worden war. Milena hatte die Kinder nicht bloß betreut, sondern ihnen tatsächlich die Zubereitung original italienischer Dolci nähergebracht. Die Rezepte hatte Anja danach oft zu Hause nachgebacken. Diese Fertigkeiten hatte sie in den späteren Jugendjahren und im Erwachsenenalter verfeinert, denn bei jedem Besuch hatte ihr die Oma neue Tricks gezeigt.

In den letzten Wochen hatte sie diese Kenntnisse aufgefrischt und alle möglichen Rezepte durchprobiert, zuerst noch in Leos Küche und in den vergangenen Tagen in der gerade fertiggestellten Backstube der Pasticceria.

Leo hatte sichtlich Vergnügen daran gehabt, die Vorkosterin zu spielen. „Deine Dolci sind eine Wucht“, hatte sie Anja immer wieder versichert. Gemeinsam hatten sie schließlich ein Sortiment zusammengestellt. Sämtliche süße Versuchungen, die nun im Laden ihre Düfte verströmten, beruhten auf Oma Milenas Originalrezepten.

„Ach Kindchen, packen Sie mir doch bitte noch ein paar Struffoli für Zuhause ein, ja?“

„Sehr gerne, Signora.“ Anja nahm eines der Zellophantütchen, die sie für solche Fälle bereitgelegt hatte. Mit der Metallzange griff sie nach ein paar der in buntem Zuckerstreusel gewälzten Teigkügelchen und befüllte damit das Tütchen. Sie band eine rote Schleife herum und überreichte es der Signora.

Die Struffoli waren bereits zu Milenas Zeiten eine Spezialität des Ladens gewesen. Eigentlich handelte es sich dabei um eine Weihnachtsbäckerei aus Süditalien. Milena hatte sie bei einem Besuch in Neapel gekostet und später in ihrer Pasticceria nachgebacken. In Crevello waren die honigtriefenden Bällchen so gut angekommen, dass die Oma sie fortan während des ganzen Jahres angeboten hatte. Weil Anja Milenas Traditionen weiterleben lassen wollte, verkaufte nun auch sie mitten im Sommer Struffoli.

„Wie viel bekommen Sie, Kindchen?“, wollte die Signora nun wissen

„Ach, geht aufs Haus.“ Anja machte eine wegwischende Handbewegung, natürlich nicht ohne dem Hintergedanken, dass Signora Stronzelli eine Rentnerin mit viel Tagesfreizeit war, die, wie sie mittlerweile wusste, gleich ums Eck wohnte. Es war wichtig, sich eine Stammkundschaft aufzubauen.

„Tausend Dank, mein Kind.“ Die Signora errötete leicht und ließ das Tütchen in ihre Handtasche gleiten. Sie war bereits im Gehen begriffen, als sie sich noch einmal zu Anja umdrehte. „Ach ja, noch etwas, mein Kind. Auf Ihrer Karte vermisse ich … das *Tiramisu*.“

Anja schluckte. „Tut mir leid, wir haben uns vorerst eben für dieses Sortiment entschieden – ohne Tiramisu“, erklärte sie und schwang ihren Arm über die gut gefüllte Vitrine. „Dafür gibt es ja viele andere Köstlichkeiten, nicht wahr?“

„Wie schade. Das Tiramisu war ja früher Milenas absolute Spezialität. Niemand konnte davon genug bekommen.“ Die Signora presste ihre Lippen aufeinander.

Bedauernd hob Anja die Schultern. Es war ein heikles Thema. Sie wusste, welchen Stellenwert Oma Milenas Tiramisu in Crevello früher hatte. Heutzutage würde man es einen Hype nennen. Das ganze Dorf war geradezu verrückt danach gewesen. Es soll eine ganz besondere Geschmacksnote gehabt haben, nur konnte sich Anja ausgerechnet daran nicht mehr erinnern.

Tja, in der Pasticceria hatte es eben immer unzählige Dolci zum Probieren gegeben. Die Geschmäcker mancher Süßspeisen verschwammen daher in ihrer Erinnerung.

Hätte sie das Rezept gekannt, wäre dies ja auch kein Problem gewesen. Während Milena mit allen anderen Rezepten offenherzig umgegangen war, hatte sie um jenes für das Tiramisu jedoch immer ein Riesengeheimnis gemacht. Niemand hatte ihr zusehen dürfen, wenn sie es zubereitet hatte.

Daran konnte sich Anja noch gut erinnern, denn es war jeden Tag dasselbe Spiel gewesen. Wenn die ersten Kinder von ihren Eltern gebracht worden waren, war die Oma gerade damit beschäftigt gewesen, Kakaopulver auf die oberste Schicht zu streuen. Danach hatte sie die Glasform im Kühlschrank verschwinden lassen und die Ankömmlinge begrüßt.

Auch in späteren Jahren hatte Anja Milena nie auf das Tiramisu angesprochen, daher wusste sie schlichtweg nicht, wie man es zubereitete. Natürlich hätte sie im Internet nach einem Rezept googeln können, aber sie wollte kein 0815-Tiramisu anbieten, sondern nur Dolci nach Milenas Originalrezepten.

„Tut mir leid“, sagte sie nun noch einmal.

„Schade“, erwiderte die Signora und spazierte hinaus auf die Piazza.

„Arrivederci!“, rief Anja zufrieden den letzten Kunden hinterher.

Leo drehte währenddessen das vergoldete Schildchen an der Eingangstür um. Nun zeigte jene Seite nach außen, auf der *chiuso* in kunstvoll verschnörkelter Schrift geschrieben stand – geschlossen. Gemeinsam klappten sie schließlich Stühle und Tischchen zusammen und räumten diese in die Abstellkammer. Nur einen Tisch und zwei Stühle ließen sie stehen. Sie holten sich Prosecco, setzten sich und stießen miteinander an, während sie die letzten Sonnenstrahlen genossen, die schräg auf die Piazza fielen.

„Ist doch perfekt gelaufen, der erste Tag, nicht wahr?", meinte Leo.

Nach einem kräftigen Schluck nickte Anja zuversichtlich und lächelte erschöpft, während das Getränk auf ihrem Gaumen prickelte. „Wie recht du hast!" Wenn nur die Hälfte der heutigen Gäste von nun an regelmäßig kommen würde, stand einer glorreichen Zukunft der Pasticceria nichts im Wege.

„Werde gleich morgen Früh mehrere Ladungen Struffoli backen", verkündete sie. „Sie haben sich heute als der absolute Renner erwiesen. Glaube, ich stelle mir den Wecker auf fünf Uhr." Nicht einmal die Aussicht auf eine kurze Nacht konnte im Moment ihre Stimmung trüben, so zufrieden war sie. Dabei hätte sie Schlaf bitter nötig gehabt. In den vergangenen Nächten hatte sie viel zu wenig davon abbekommen. Mittlerweile lag die Müdigkeit wie eine dicke Daunendecke auf ihrem Körper, ihre Lider fühlten sich schwer an und sie musste herzhaft gähnen.

„Sie sind ja auch wahnsinnig lecker, deine Struffoli." Leo grinste.

„Ach …" Anja winkte ab. Sie hatte heute so viele Komplimente für ihre Dolci bekommen und jedes Mal fühlte sie sich verlegen.

„Wenn morgen wieder so viele Leute kommen, meldest du dich, ja?" Mit Daumen und Zeigefinger symbolisierte Leo einen Telefonhörer. „Könnte versuchen, dass ich es früher aus dem Büro schaffe."

Anja sah ihre Freundin dankbar an. Gleichzeitig nahm sie sich vor, alles zu tun, um dieses Angebot nicht annehmen zu müssen. Sie konnte von Leo unmöglich verlangen, dass sie ihr jeden Tag zur Hand ging. Die Zeiten, in denen Leo keine Arbeit hatte, waren zum Glück längst vorbei. Im vorigen Herbst hatte sie eine Stelle als Sachbearbeiterin im Rathaus von Crevello bekommen und nach einem langen Tag im Büro konnte sie sich bestimmt etwas Schöneres vorstellen, als danach noch eine Schicht in der Pasticceria zu schieben.

Während sie die nächsten Schlucke nahmen, ertönte auf der Piazza das Knattern von Fahrradketten. Drei junge Männer auf teuer aussehenden Mountainbikes rollten über den Platz. Sie trugen professionelle Sportkleidung: Trikots, auf denen sich bunte Werbeaufdrucke befanden, Ellenbogen- und Knieschützer sowie Helme, die eher an Motorsportler erinnerten als an Radfahrer. Das Trio steuerte das Nachbarhaus an – jenes, in dem Milena früher gewohnt hatte, das aber mittlerweile dem reichen Mann aus Venedig gehörte.

Die drei waren Anjas Nachbarn. Sie war mit ihnen bislang zwar nicht ins Gespräch gekommen, hatte sie aber schon ein paar Mal gesehen. Sie waren meistens auf ihren Mountainbikes unterwegs. Das alte venezianische Steinhaus, das sich direkt neben der Pasticceria befand und ebenfalls an die Piazza angrenzte, hatten sie offenbar gemietet.

Sie nickten freundlich, als sie nun an Leo und ihr vorbeifuhren. Ein paar Meter weiter stiegen sie ab. Das Haus hatte einen schmalen Vorgarten, in dem sich Liegestühle und eine von Efeu bewachsene Holzhütte befanden. Sie verstauten die Räder darin und gingen schließlich ins Haus.

„Mamma mia, nette Nachbarn hast du“, meinte Leo und grinste eindeutig, weil sie offenbar Anjas Blick bemerkt hatte, der den Mountainbikern gefolgt war.

„Ähm, was?“ Hastig wendete sich Anja wieder ihrer Freundin zu. Irgendwie fühlte sie sich gerade ertappt.

„Was hast du denn, meine Liebe? Es gibt keinen Ludwig mehr in deinem Leben, also bitte!“ Sie machte eine auffordernde Geste.

„Leo!“, zischte Anja. Sicher, die Jungs sahen gut aus, keine Frage. Sie waren junge Sportler. Durchtrainiert bis in die letzte Faser – aber wahrscheinlich gerade einmal zwanzig, wenn überhaupt. Anja hingegen war dreiunddreißig. Also, was sollte Leos Anspielung? Sie verstand nicht, worauf ihre Freundin hinauswollte.

Außerdem hatte sie sich zuletzt über das Trio einige Male ärgern müssen. Der vergangene Mittwoch fiel ihr wieder ein. Einer der drei war an diesem Abend mit seinem Rad auf der Piazza gewesen und hatte seine Runden um die Mariensäule gedreht. Die Pasticceria war noch nicht geöffnet gewesen, die Tischchen waren aber zum Trocknen auf der Piazza gestanden, nachdem Anja sie frisch gestrichen hatte.

Der Radfahrer probierte Kunststücke aus. Entweder zog er die Lenkstange hoch und fuhr nur auf dem Hinterrad oder er machte Sprünge, die Anja ziemlich waghalsig vorkamen. Immer wieder schoss er haarscharf an den Tischchen vorbei, sodass sie befürchtete, es würde im nächsten Moment krachen und scheppern. Na gut, zum Glück war dies nicht passiert, aber so etwas musste doch nicht sein, oder?

Eine andere Sache war die Musik. Abends kam manchmal ein Wummern aus dem Haus. So laut, dass die Wände wackelten. Ein paar Mal hatte Anja schon geschlafen und es hatte sie geradezu aus dem Bett gehoben. Diese Musikattacken waren sicher einer der Gründe, warum sie derzeit an einem Schlafmangel litt. Sie hatte bereits überlegt, ob sie mal nebenan klingeln und sich beschweren sollte. Oder sollte sie besser gleich zum Gegenschlag ausholen und eine Opernarie volle Tube abspielen? Aber nein, sie war die Neue in der Nachbarschaft und wollte keinesfalls wie eine blöde Tussi rüberkommen. Deshalb hatte sie bislang nichts gesagt.

„Na gut, meine Liebe, ich muss bald ins Bett“, erklärte Leo schließlich und erhob sich, nachdem sie ihren Prosecco ausgetrunken hatte.

„Tausend Dank für deine Hilfe“, erwiderte Anja und verabschiedete ihre Freundin mit Wangenküsschen. „Morgen werde ich alleine zurechtkommen, ganz bestimmt.“

Leo winkte ab. „Ach was, nach der Arbeit werde ich auf alle Fälle kurz vorbeikommen, hm?“, schlug sie vor.

Anja nickte dankbar.

„Aber nimm dich vor deinen Nachbarn in Acht, hörst du!" Leo hob scherzhaft den Zeigefinger und zwinkerte.

„Ach Leo." Anja rollte mit den Augen, dann herzte sie ihre Freundin noch einmal. Schließlich eilte Leo über die Piazza und bog in die Gasse ein, die hinauf zu ihrem Haus führte.

Etwas später – Anja war gerade dabei, das auf der Piazza verbliebene Tischchen zusammenzuklappen – kam einer der jungen Männer aus dem Haus und ließ sich im Vorgarten in den Liegestuhl fallen. Zischend öffnete er eine Bierdose. Sein Oberkörper war nackt. Er trug nur eine kurze Sporthose. Nun seufzte er und streckte entspannt seine Beine von sich, während die letzten Sonnenstrahlen des Tages auf seine Haut trafen. Seine Waden war kräftig. Und sexy.

Während sie an der Klappvorrichtung des Tischchens hantierte, konnte sie nicht anders, als immer wieder in seine Richtung zu schielen. Tja, er war ja auch ein optischer Leckerbissen. In diesem Punkt musste sie Leo rechtgeben.

Verstohlen betrachtete sie ihn. Er war ein Hüne, sicher über 1,90 Meter groß. Seine mittellangen, schwarzen Haare bildeten an den Spitzen leichte Locken. Sie verdeckten Stirn und Ohren. Ja, das sah süß aus. Und sein gut gebräunter Oberkörper, der war … einfach wow!

Nun schaute er zu ihr rüber und lächelte breit. Schneeweiße, in Reih und Glied stehende Zähne kamen zum Vorschein. In ihre Richtung prostend hob er seine Bierdose. Mit einem Schlag war Anjas Müdigkeit verflogen und ein Kribbeln überzog ihre Haut.

Ach, du meine Güte, hatte er etwa ihre Blicke bemerkt? Wie peinlich! Schnell klemmte sie sich das zusammengeklappte Tischchen unter den Arm, nickte ihm verhalten zu und stiefelte in den Laden. Schwungvoll fiel die Tür hinter ihr ins Schloss. Das goldene Schildchen wackelte: *chiuso* – geschlossen!

ZWEITES KAPITEL

Am nächsten Tag kamen weitaus weniger Gäste. Damit hatte Anja aber ohnehin gerechnet, denn es war Montag und der berufstätige Teil der Bevölkerung hatte eben andere Verpflichtungen als Torten zu essen. Es waren hauptsächlich Rentner, die nun am frühen Nachmittag die Pasticceria bevölkerten.

Gerade eben war eine fröhliche Runde eingetroffen, hatte zwei Tischchen zusammengerückt und sich rundherum platziert. Offenbar probierten die Damen die Pasticceria als neuen Ort für ihr Kaffeekränzchen aus, stellte Anja zufrieden fest, während sie mit der Zange Nougatkügelchen in der Vitrine platzierte, dabei aber stets die Piazza im Blick behielt. Abseits der Damen schlürfte ein Herr mit weißem Schnurrbart und tief gebräuntem Gesicht seinen Espresso und vertilgte ein Stück Zitronencremetorte. Nachdem er den letzten Bissen genommen hatte, winkte er Anja zu und bedeutete ihr, dass er zahlen wollte. Sie tippte etwas in die Kasse und der Drucker ratterte los. Die Quittung wurde ausgedruckt. Diese platzierte sie in einem Silberschälchen, das sie dem Mann brachte.

Ja, es war klug gewesen, sich in aller Herrgottsfrüh aus dem Bett zu quälen. So hatte sie, bevor sie um zehn Uhr vormittags den Laden geöffnet hatte, vier Stunden Zeit gehabt, um in der Backstube alle Vorbereitungen zu treffen. Nun war die Vitrine gut gefüllt und die Etagere voller Torten – und sie konnte sich aufs Verkaufen konzentrieren. Sie nahm sich vor, es in Zukunft jeden Tag so zu machen. Tja, als Betreiberin einer Pasticceria hatte man eben einen Arbeitstag, der zwölf Stunden oder noch länger dauerte. Das war ihr von Anfang an bewusst gewesen.

„Vielen Dank, Signore“, sagte sie, als sie das Silberschälchen auf dem Tisch platzierte.

„Signora, Verzeihung?“, wurde sie einen Moment später von der Damenrunde angesprochen. Während der Herr ein paar Münzen in das Schälchen fallen ließ, wendete sie sich den Rentnerinnen zu. „Ein Tiramisu, bitte“, orderte die erste. Zack, zack, zack – im Bruchteil einer Sekunde schossen drei weitere Hände nach oben. „Ach nein, vier Tiramisu, bitte.“ Die Runde lachte vergnügt.

Anja schluckte. Es war allein an diesem Tag bereits das dritte Mal, dass jemand Tiramisu bestellen wollte und auch die Worte von Signora Stronzelli am Vortag hallten noch in ihrem Hinterkopf nach.

„Tut mir leid, ich habe kein Tiramisu“, musste sie auch diesmal erklären.

Ein enttäuschtes Raunen ging durch die Runde – wie in einer Gameshow, in der der Kandidat gerade die Millionenfrage vergeigt hatte.

„Wie schade!“, erwiderte eine der Damen. “Früher war die Pasticceria hier auf der Piazza Vicenza doch für ihr köstliches Tiramisu bekannt. Ganz Crevello war begeistert davon.“

„Legendär, es war legendär“, pflichtete ihr eine ihrer Freundinnen bei. Ein wehmütiger Ausdruck legte sich in das Gesicht der Dame.

„Dafür habe ich viele Torten, alle frisch aus der Backstube“, lenkte Anja schnell auf ihr tatsächlich vorhandenes Sortiment um. „Torta Caprese, Zitronencremetorte, Mandel-Mandarinen-Torte“, zählte sie auf.

Die Damen überlegten. „Gut, dann nehme ich eben ein Stück Zitronencremetorte“, gab sich die erste geschlagen. „Warum denn auch nicht?“ Sie seufzte und auch ihre Freundinnen entschieden sich für Alternativen.

Anja zückte den Block. Während sie die Bestellung notierte, flatterte ihr dieser aber beinahe aus der Hand. Sie blickte auf und legte ihre Stirn in Falten. Schon wieder!

Einer der Radfahrer von nebenan befand sich auf der Piazza und drehte seine Runden. Gerade war er an ihr vorbeigesaust.

Die Mariensäule stand auf einer kleinen Erhebung. Jetzt radelte er auf sie zu und zog die Lenkstange hoch. Er sprang über die Stufe. In der Luft drehte er sich samt Rad um hundertachtzig Grad. Wieder auf dem Boden angekommen, trat er fest in die Pedale, zischte einmal um den Platz und setzte schließlich zum nächsten Sprung an. Musste das sein, verdammt noch mal?

Unter dem Helm erblickte sie schwarze Löckchen. Und dunkle Augen mit schön geschwungenen Brauen und ungewöhnlich langen Wimpern. Ja, es war definitiv er. Der aus dem Liegestuhl … der mit dem Wahnsinnskörper und dem verführerischen Lächeln.

In diesem Moment traf sie der nächste Windstoß. Wieder war er an den Tischchen vorbeigeschossen und die Teilnehmerinnen des Kaffeekränzchens quietschten vergnügt. Dem Jubelgeheul konnte sie sich nicht anschließen, sondern presste die Lippen aufeinander und verfolgte ihn mit argwöhnischem Blick. Nun ja, offensichtlich hatte er das Publikum für seine Kunststücke gefunden, aber trotzdem … Himmel, warum musste er so nah an ihren Tischchen vorbeirasen? Nur weil die Gäste ihre Freude an dem Spektakel hatten, verzichtete sie darauf, einzuschreiten. Kopfschüttelnd stapfte sie zurück in den Laden und lud die Tortenstücke auf die Teller.

Plötzlich krachte es. Etwas klirrte. Jemand kreischte.

Um Gottes willen! Sie warf den Tortenheber auf die Arbeitsfläche und rannte hinaus.

Was für eine Bescherung! Der Tisch, an dem gerade noch der ältere Herr gesessen hatte, war umgekippt. Die Espressotasse war ganz geblieben, sie lag in einer Rille des Kopfsteinpflasters. Um sie herum Tellerscherben, die Tortengabel, das Silberschälchen, die Münzen.

Der Radfahrer saß auf seinem Hintern, direkt neben seinem Mountainbike, dessen Hinterrad sich noch drehte. Langsam erhob er sich und rieb sich den Oberschenkel.

„Meine Güte, ist Ihnen etwas passiert?“, rief sie und lief auf ihn zu. Die Seniorinnen verfolgten das Geschehen mit heruntergeklappten Kinnladen.

„Nein, nein“, ächzte er und wies auf seine Knieschützer. „Bin ja zum Glück gut ausgestattet.“ Er richtete sich auf und unter dem Helm kam nun ein Lächeln hervor, das auf Anjas Haut ein Kitzeln auslöste. „Ähm, sorry, war keine Absicht“, fügte er hinzu und bereits im nächsten Moment machte er sich daran, den umgekippten Tisch wieder aufzustellen.

Wäre ja noch schöner gewesen, wenn er mit voller Absicht in ihr Mobiliar geradelt wäre! Sie wollte sich gar nicht ausmalen, was passieren hätte können, wenn der ältere Herr nicht wenige Augenblicke zuvor aufgestanden und gegangen wäre.

Als sich der Tisch wieder auf seinem vorgesehenen Platz befand, nahm der Radfahrer seinen Helm ab, wendete sich ihr zu und lächelte entschuldigend. Sein Gesicht war sportlich geformt, das Kinn kantig. Seine dunklen Augen und die schneeweißen Zähne leuchteten um die Wette.

Heiß kribbelte es über ihren Rücken. Augenblicklich versuchte sie, dieses Gefühl zu verjagen. Was war denn nur in sie gefahren? Die Situation war viel zu ernst, da durfte sie sich nicht vom smarten Lächeln eines Mannes ablenken lassen. Ähm, eines Mannes? Ach was, eines Bengels!

Sie stemmte ihre Arme in die Hüften. „Bitte fahren Sie in Zukunft nicht mehr so nah an meinen Tischen vorbei, ja?“, fing sie an und fand den strengen Lehrerinnen-Ton in ihrer Stimme selbst erschreckend. Trotzdem fuhr sie fort: „Es war ja nur eine Frage der Zeit, bis mal so etwas passiert.“

Er wischte sich verlegen durch seine Wuschelfrisur, die fast seine Augen verdeckte. „Ja, selbstverständlich. Wie gesagt, öhm, sorry.“

Genervt seufzend wendete sie sich ab und holte Besen und Schaufel aus der Abstellkammer. Als sie zurückkam, hatte er bereits die Espressotasse und das Schälchen samt Münzen auf dem Tisch platziert. Gerade fing er an, mit spitzen Fingern die Scherben einzusammeln.

„Nein, lassen Sie das! Ich mache das schon."

Auf dem Boden kniend sah er zu ihr hoch. „Nein, nein, das erledige selbstverständlich ich." Er erhob sich und nahm ihr die Utensilien ab, ging wieder auf die Knie und begann zu fegen.

Sie wich einen Schritt zurück. Irritiert betrachtete sie ihre Fingerknöchelchen, denn an jener Stelle, an der er sie gerade berührt hatte, kitzelte es nun heiß. Sie schüttelte die Hand aus, doch das half nichts.

Als sich schließlich alle Scherben auf der Schaufel befanden, stand er auf und sah sie eindringlich an. Himmel, sein Blick! Er hatte wunderschöne Augen. Dunkel, sexy. Aufgeregt fuhr sie sich durch die Locken.

„Den kaputtgegangenen Teller, den ersetze ich Ihnen natürlich", sagte er mit rauer Stimme.

„Nein, schon gut." Sie machte eine wegwischende Geste und erinnerte sich an den Großeinkauf vor einer Woche. Ganze Kisten voller Geschirr stapelten sich in der Abstellkammer, ein einziger zerbrochener Teller war wirklich keine Katastrophe. "Viel wichtiger ist, dass Sie bitte in Zukunft nicht mehr so nah an den Tischen …"

„Jaja, selbstverständlich." Er nickte. „Es wird nicht mehr vorkommen, ist doch klar." Er wirkte etwas verloren, als er nun mit der Schaufel voller Scherben in der Hand vor ihr stand und offensichtlich nicht wusste, wohin damit.

„Ach, geben Sie schon her! Ich entsorge das", erklärte sie und nahm sie ihm ab. Sie marschierte damit in den Laden und kippte die Scherben in den Müll. Erst da fiel ihr auf, dass er über die ganze Zeit Deutsch mit ihr gesprochen hatte.

Donnerstags blieb die Pasticceria geschlossen. Das war schon zu Milenas Zeiten so gewesen und auch diese Tradition behielt Anja bei, denn es war zu erwarten, dass von Freitagmittag bis Sonntagabend Hochbetrieb herrschen würde, daher war es nur klug, sich davor einen arbeitsfreien Tag zu gönnen.

Eine Wanderung in der Natur eignete sich zweifellos dazu, die Energietanks aufzufüllen. Leonora hatte sich den Nachmittag ebenfalls dafür freigenommen. Es war ein herrlicher Sommertag. Auf dem azurblauen Himmel befanden sich nur ein paar Schönwetterwolken, die aussahen wie leckere Sahnehäubchen.

Sie waren in Leos knallrotem Fiat Punto hinaus ins Hügelland gefahren. Die hohen Gardaseeberge befanden sich zwar noch einige Kilometer weiter nördlich, doch auch hier gab es anspruchsvolle Routen. Gerade erklommen sie einen steilen Waldweg. Die Gegend war ein Paradies für Freizeitsportler. Immer wieder kamen ihnen andere Wanderer, Läufer oder Mountainbiker entgegen.

„Dort oben soll‘s einen kleinen Waldsee geben. Es soll herrlich dort sein. Hat mir eine Kundin gestern erzählt“, berichtete Anja begeistert.

Leo keuchte. „Wie weit ist es noch bis dorthin?“

Anja warf einen Blick nach hinten. Ihre Freundin befand sich ein paar Schritte hinter ihr und sah bereits erschöpft aus.

„Ähm, keine Ahnung. Na ja, gucken wir mal, hm?“ Sie stapfte motiviert weiter. Anja liebte die Natur und Wanderungen. Ludwig hatte dem nie etwas abgewinnen können und folglich mit ihr nie welche unternommen, dabei gab es doch auch im Rheinland wunderschöne Gegenden.

Dasselbe galt aber umso mehr für Venetien und Leo hatte sich dazu bereiterklärt, zumindest auszuprobieren, ob ihr das Wandern lag.

„Liebste, bitte, lass uns umdrehen, ja?“, verlangte sie aber jetzt. „Ich kann nicht mehr, wirklich nicht.“ Sie blieb stehen, wischte sich mit dem Handrücken über die Stirn und sah drein wie ein trotziges Kind.

Anja wäre zwar wirklich gerne bis zu dem Waldsee gewandert, aber sie wollte ihre Freundin nicht überfordern. Sie waren ins Hügelland gefahren, um sich zu erholen. Es sollte keine Quälerei sein. „Ist gut", gab sie sich also geschlagen, „gehen wir zum Auto zurück."

Erleichtert stieß Leo Luft aus. Plötzlich war sie viel beschwingter unterwegs, weil es nun wieder abwärts ging. Die Freundinnen plauderten angeregt. Der Weg führte durch einen dichten Fichtenwald. Die Bäume verströmten einen würzigen Nadelduft und Blumen mit tiefgelben Blüten säumten den Wegesrand.

Auf einmal durchbrach aber ein Kreischen die Idylle.

„Um Himmels willen, Leo!" Anja fuhr herum.

Leo humpelte und ließ sich auf den nächstbesten Stein sinken. „Au, au", sagte sie mit schmerzerfülltem Gesicht und rieb sich den Fuß. „Bin überknöchelt", stöhnte sie.

„O nein!" Anja hockte sich vor ihre Freundin und betrachtete den Fuß, der lediglich in dünnen Sneakers steckte. Feste Bergschuhe besaß Leo nicht. Bevor sie aufgebrochen waren, hatten sie die Schuhwahl miteinander besprochen und Leo hatte befunden, dass Sneakers für eine Wanderung im Hügelland nahe Crevello durchaus geeignet wären – ein Irrtum, der sich nun offenbar gerächt hatte.

„Soll ich mal gucken?"

Leo nickte verzweifelt.

Als Anja den Fuß anfasste, schrie ihre Freundin erneut auf.

Anja wich sofort zurück. „Nicht, dass du dir ein Band gerissen hast", sagte sie besorgt.

„Es tut wahnsinnig weh", jammerte Leo und presste die Lippen aufeinander. Es dauerte ein paar Momente, bis sie sich gesammelt hatte, dann versuchte sie, vorsichtig mit dem Fuß aufzutreten, zuckte aber im nächsten Moment zurück. Sie schüttelte den Kopf. „Nein, nein, ich fürchte, ich kann nicht weitergehen."

Anja erhob sich und dachte nach. „Hm, bis zum Auto sind es noch mindestens zwei Kilometer“, sagte sie. „Besser, ich hole Hilfe, ja?“

Vorsichtig betastete Leo ihren Knöchel. „Ja, ja, ist besser so“, stöhnte sie.

Nachdem Anja die Nummer des Rettungsdienstes gewählt hatte, kam aber nichts außer Stille aus der Leitung. Also nahm sie ihr Handy vom Ohr und betrachtete es skeptisch. „Mist, wir sind so tief im Wald. Hier gibt‘s keinen Empfang.“

Auch Leo holte ihr Handy umständlich aus der Hosentasche, doch auch dieses zeigte: *Kein Netz*.

„Was sollen wir nur tun, verdammt!“

„Keine Ahnung …“

Ein paar Minuten vergingen. Lösung fiel ihnen keine ein und auch Leos Schmerzen besserten sich nicht. Im Gegenteil, immer wieder betonte sie, dass es ihr absolut unmöglich war, nur einen einzigen Schritt weiterzugehen.

Vorhin waren andauernd Leute an ihnen vorbeigekommen – Mountainbiker, Läufer und Wanderer, seit Leos Missgeschick aber kein einziger mehr, es war verflixt. Also startete Leo den nächsten Versuch. Auf dem unverletzten Bein hüpfend wollte sie vorankommen, doch bereits nach wenigen Metern musste sie einsehen, dass es keinen Sinn hatte. Auf diese Weise würde sie bis zum Auto Stunden benötigen, außerdem war das Risiko groß, sich auch das andere Bein zu verletzen. Erneut ließ sie sich auf einem Stein nieder.

Schließlich wollte Anja ihre Freundin Huckepack nehmen. Auch dieser Versuch scheiterte, denn sie war ja äußerst zierlich und schaffte es schlichtweg nicht, ihre Freundin zu tragen.

Seufzend setzte sie sich neben Leo auf den Stein. „Hm, weiß auch nicht weiter.“ Hilflos zuckte sie mit den Schultern.

Von diesem Moment an dauerte es noch weitere zehn Minuten, bis in einiger Entfernung endlich jemand auftauchte: ein Mountainbiker, der den steilen Waldweg heruntergeschossen kam.

„Hilfe!“, rief Anja und sprang auf. Sie wedelte mit den Armen. „Hilfe! Wir brauchen Hilfe!“

Der Sportler bremste scharf, sodass die Steinchen nur so durch die Luft flogen. Leo befand sich im Schussfeld und musste mit dem Kopf ausweichen, um nicht auch noch eine Platzwunde zu kassieren. Als Anja das Gesicht des Radfahrers erblickte, stieg es heiß in ihr auf – es war ihr Nachbar.

„Sie, hier?“ Er machte ein verdutztes Gesicht.

„Ähm, ja.“

Ein paar Sekunden lang starrten sie sich gegenseitig an und die Luft zwischen ihnen flirrte. Dann schnellten seine Mundwinkel nach oben. Er strahlte sie an. Mit einem breiten Lächeln, das nur so vor Charme sprühte.

„Seit dieser Sache am Montag, ähm … bin ich nie mehr nah an Ihren Tischen vorbeigefahren, haben Sie es bemerkt?“ Nun zwinkerte er ihr auch noch neckisch zu und plötzlich flatterte etwas in ihrem Bauch. Ein komisches Gefühl. Sie schaffte es nicht, es zu unterdrücken.

„Natürlich, natürlich, vielen Dank“, erwiderte sie

Schließlich blickte er besorgt in jene Richtung, aus der er gekommen war. „Wissen Sie, wir machen hier gerade Downhill“, erklärte er. „Meine Kollegas müssten auch gleich kommen. Mit ziemlich viel Speed. Besser, ich gehe aus dem Weg, hm?“ Er rollte mit seinem Bike zur Seite.

„Meine Freundin, sie ist verletzt“, fiel Anja nun der Grund, warum sie ihn überhaupt angehalten hatte, wieder ein. Sie wies auf Leo, die hilflos dreinschauend auf dem Stein saß und sich immer wieder den Knöchel rieb.

Schließlich berichtete Anja stichwortartig, was passiert war. Während sie sprach, kamen direkt hintereinander die beiden anderen, die ebenfalls im Nachbarhaus wohnten. Sie hielten an, nachdem sie ihren Sportkumpanen am Wegesrand bemerkt hatten.

Es waren zwei sehr italienisch aussehende junge Männer mit raspelkurz geschnittenen Haaren.

„Sie kann keinen Schritt mehr weitergehen, auf keinen Fall. Und ich schaffe es nicht, sie zu tragen", erklärte Anja abschließend, während Leo Beug- und Streckbewegungen mit ihrem Fuß machte und dabei immer wieder schmerzerfüllt ihr Gesicht verzog.

Die Mountainbiker sahen sich an und nickten sich gegenseitig zu. „Ach, das erledigen wir!"

Einen Moment später packten die beiden Neuankömmlinge Leo unter dem Hintern und hoben sie hoch. „Ho-ruck", riefen sie. „Ist doch kein Problem, sie ist ja ein Fliegengewicht", erklärte der eine charmant lächelnd, während sie losmarschierten.

Trotz der Schmerzen konnte nun Leo nicht anders, als ebenfalls zu grinsen. Wie die Kaiserin in der Sänfte wurde sie von zwei muskelbepackten jungen Männern über den Waldweg getragen. Währenddessen sammelte der dritte die Bikes ein, auf einer Seite zwei, auf der anderen eines neben sich herschiebend folgte er seinen Kameraden.

„Moment, ich kann doch auch eines nehmen!" Anja lief ihm hinterher und übernahm eines der Räder. Dann schlenderten sie nebeneinander her. „Das ist echt nett von Ihnen und Ihren Kameraden, dass Sie uns helfen", sagte sie, nachdem sie ein paar Meter zurückgelegt hatten.

„Ist doch selbstverständlich", erwiderte er. Sein Deutsch war fast akzentfrei. Grundsätzlich klang er wie ein Deutscher, nur einige wenige Laute – etwa das *ch* – sprach er anders aus. Es hörte sich hart an. Irgendwie alpenländisch.

„Nun ja, trotzdem, ähm … noch einmal vielen Dank."

Während der Weg eine Kurve machte, warf er ihr einen langen Seitenblick zu. „Ich hätte eine Bitte an Sie", sagte er.

„Ja?"

„Ähm, könnten wir aufhören, uns zu siezen?"

Sie fühlte sich erleichtert, denn auch ihr war es merkwürdig vorgekommen, dass sie sich bisher nicht geduzt hatten. So alt war sie nun auch wieder nicht! „Sicher, gerne, bin die Anja", erwiderte sie.

„Und ich der Severin." Er grinste.

Sie wollten sich die Hände schütteln, wie man es eben tut, wenn man sich einander vorstellt. Es funktionierte aber nicht, weil Severin seine zum Schieben der Räder brauchte. Als sie die umständliche Situation bemerkten, lachten sie darüber.

Nun wurde der Weg wieder gerade und sie musterte ihn von der Seite. Die Arme, mit denen er die Lenkstangen festhielt, waren mit dicken Muskelpaketen ausgestattet, der Oberkörper durchtrainiert. Das hautenge Trikot verbarg nichts. Er hatte einen coolen Gang. Es machte keinen Sinn, es abzustreiten – er war höllisch sexy. Auch wenn er vom Alter her überhaupt nicht ihrer Zielgruppe entsprach.

„Du bist also Deutscher?", fragte sie.

Er schüttelte den Kopf. „Nö, habe nur eine Zeitlang in Deutschland gelebt. In Hannover. Bin dort zur Schule gegangen, aber eigentlich bin ich … sehr international."

„International? Das klingt ja interessant."

„Willst du die kurze oder die lange Fassung?"

„Ähm …"

Ohne eine Antwort abzuwarten, begann er zu erzählen: „Nun ja, meine Mutter stammt aus Crevello, mein Vater ist Schweizer und ich wurde in Zürich geboren. Als ich fünf war, sind wir aber nach Hannover gegangen, weil mein Vater in der Stadt einen guten Job bekommen hatte. Dort blieb ich bis zum Abi, dann habe ich mich entschlossen, den Sport profimäßig zu betreiben – und weil die Trainingsmöglichkeiten in Norditalien einfach besser sind, lebe ich jetzt hier, verstehst du?"

Sie nickte.

„Meine Eltern wohnen inzwischen wieder in der Schweiz", fuhr er fort. „Hier in Italien habe ich aber noch einen Opa, der lebt am Gardasee."

„Du machst den Sport also profimäßig?“

„Yep“, antwortete er grinsend und klopfte auf den Fahrradsattel. „Bin Profi-Mountainbiker. Meine Kollegas und ich, wir sind das Racing Team Venezia.“

„Oh, wirklich?“ Von diesem Team hatte sie noch nie gehört, was aber nicht verwunderlich war, denn sie hatte sich noch nie näher mit dem Mountainbikesport auseinandergesetzt.

„Wir fahren Cross Country und Downhill“, erklärte er weiter. „Momentan ist Hochsaison. Alle paar Tage findet irgendwo ein Rennen statt, viele auch hier in der Gegend. Deshalb ist Crevello ein super Ort für unser Basislager. Hier in den Hügeln und weiter Richtung Gardasee gibt es coole Trails.“

„Ähm, Trails?“

„So nennen wir die Strecken im Bikesport“, erklärte er. „Weißt du, wir bereiten uns ja auch schon auf Tokio vor.“

Erneut machte sie ein fragendes Gesicht.

„Die olympischen Spiele … nächstes Jahr in Tokio.“

„Oh, wow!“, entfuhr es ihr. „Du bist also Olympiateilnehmer?“

„Ich arbeite daran, die Qualifikation zu schaffen, ja.“ Das nächste Lächeln, das nächste Kribbeln auf ihrer Haut.

Sie war so baff, dass sie im Moment kein weiteres Wort herausbrachte. Sicher, dass er und seine Kameraden das Radfahren äußerst exzessiv betrieben, war ihr aufgefallen, auch die Werbelogos auf ihren Trikots. Ehrlich gestanden hatte sie aber nicht näher darüber nachgedacht, weil sie viel zu sehr damit beschäftigt gewesen war, sich über das Wummern und die Kunststücke auf der Piazza zu ärgern.

All das war für sie plötzlich kein Thema mehr. Neuerlich traf sie nämlich ein Seitenblick. Sie erwiderte ihn und sein Grinsen sorgte dafür, dass ihr Hitze in die Wangen schoss. Himmel, war sie gerade dabei, mit einem Olympioniken flirtende Blicke auszutauschen? Es knisterte in ihren Nervenbahnen. Als sie ihm den nächsten Blick zuwarf, entdeckte sie ein sympathisches Muttermal neben seinem rechten Auge und erspähte unter dem Helm seine dunklen Haarsträhnen, die ihm in die Stirn fielen. Er sah abgekämpft aus, aber gleichzeitig unglaublich sexy.

Meine Güte, das durfte doch nicht wahr sein! Wie konnte es sein, dass sie sich so verrückt machen ließ – von einem Zwanzigjährigen, oder wie alt auch immer er sein mochte? Das Flattern in ihrem Bauch machte sie verrückt. Mit aller Kraft versuchte sie, das Gefühl zu vertreiben. Es gelang ihr aber nicht.

Jetzt ergriff er wieder das Wort. „Und du, du bist aber Deutsche, oder?"

„Ja, ja, bin ich", antwortete sie hastig.

Nun war also sie mit dem Erzählen an der Reihe. Sie sammelte sich, anschließend schilderte sie die Umstände, wie sie zur Pasticceria-Besitzerin in Crevello geworden war. Als sie fertig war, wurde der Weg flacher und schließlich erreichten sie den Parkplatz. Severins Kollegen und Leo – auf einem Bein stehend – warteten bereits vor dem Fiat Punto. Anja zückte den Schlüssel, den Leo ihr vorhin übergeben hatte, und sperrte das Auto auf.

„Mamma mia, ich weiß gar nicht, wie ich euch danken soll, Jungs." Leo seufzte schwer.

„Kein Ding, alles gut", antwortete einer der Träger und auch sein Kollege winkte ab.

„Habt vielen Dank, Jungs", schloss sich auch Anja an, bevor sie sich Leo zuwendete. „Und wir fahren nun zum Doktor, hm?"

Ihre Freundin nickte mit zusammengebissenen Zähnen. „Leider. Die Schmerzen sind nicht besser geworden, eher im Gegenteil."

Schließlich verabschiedeten sich die Mountainbiker und Anja setzte sich ans Steuer. Bevor sie die Autotür zumachte, hörte sie noch, wie einer zu den anderen sagte: „Und jetzt noch einmal rauf?"

Die drei nickten sich gegenseitig zu, dann klatschten sie ab wie Fußballer. Schließlich schwangen sie sich auf ihre Fahrradsattel und traten fest in die Pedale.

Während Anja den Wagen hinaus auf die Straße steuerte, trommelte ihr Herz.

„War wahnsinnig nett von den Jungs, nicht wahr?“, meinte Leo.

Anja nickte. „Hab mich wohl in ihnen getäuscht.“

„Wie meinst du denn das?“

„Na ja, ich weiß auch nicht, bisher habe ich halt nur Ärger mit denen gehabt.“ Sowohl von dem Vorfall mit dem umgekippten Tisch als auch von dem Musikwummern hatte sie ihrer Freundin erzählt.

„Nein, die sind doch total in Ordnung, die Jungs“, sagte Leo.

„Ja, schwer in Ordnung.“

DRITTES KAPITEL

Mit dem Wochenende kam der Regen. Tiefgraue Wolken hatten sich auf dem Himmel über Crevello breitgemacht und es schüttete wie aus Eimern. Außerdem war schneidiger Wind aufgezogen. Böen peitschten über die Piazza und die Tropfen tanzten über das Kopfsteinpflaster.

Anja stand nachdenklich am Fenster und guckte hinaus. „Tja, wenn es so weitergeht, kann ich den Laden heute früher dichtmachen. Es kommt niemand." Resigniert warf sie die Arme in die Luft.

Auch Leo konnte nur mit den Schultern zucken. Sie saß auf dem Sofa und hatte sich einen Schemel herangerückt, auf dem sie ihr geschientes Bein hochlagerte. Auf dem Tischchen vor ihr dampfte eine Tasse Pfefferminztee.

„So ein Regen ist selten um diese Jahreszeit", meinte sie. „Ein kurzer Guss, ja, aber nun regnet es ja schon seit Stunden."

Was das Band in ihrem Sprunggelenk betraf, hatte Leo Glück gehabt. Es war nicht gerissen, sondern nur gezerrt. Obwohl sie sich auf Anweisung des Doktors schonen musste, hatte sie sich bereiterklärt, auch an diesem Wochenende in der Pasticceria zu helfen. Grundsätzlich waren die Freundinnen ja auch davon ausgegangen, dass der Laden brummen würde – wie bei der Eröffnung in der Vorwoche. Allerdings hatten sie die Rechnung ohne den Schlechtwettereinbruch gemacht.

Jetzt war es vierzehn Uhr. Nur eine Handvoll Kunden hatte es in den vier Stunden seit Ladenöffnung in die Pasticceria verschlagen. Generell waren im Lauf der Woche von Tag zu Tag weniger Leute gekommen. Gerade deshalb hatte Anja auf ein gutes Geschäft am Wochenende gehofft.

Wie es aussah, vergeblich. Sie konnte nur hoffen, dass der Laden bald in Schwung kommen würde.

Schnellen Schrittes begab sie sich hinter die Theke. Besorgt sah sie die Pralinen an, die fein säuberlich geschlichtet in der Vitrine lagen. Sie hatte sie extra gemacht, um den Kunden am Wochenende ein neues Highlight zu bieten. Es waren mit Marzipan und Amaretto gefüllte Schokoladekugeln, die sie natürlich nach einem Originalrezept von Oma Milena hergestellt hatte. Keine einzige hatte sie bisher verkauft.

„Ich muss mal wohin", teilte sie Leo mit und steuerte die Backstube an, in der sich auch der Treppenaufgang zu ihrer Wohnung befand. Ihr eigenes WC im Obergeschoss benutzte sie lieber als die Kundentoilette im Laden. Nachdem sie die erste Stufe genommen hatte, ertönte die Türglocke. Endlich Kunden! Sie lugte noch einmal um die Ecke und sah Leo, die sich erhob, um die beiden Damen mittleren Alters, die hereingekommen waren, zu bedienen. Etwas zufriedener ging sie nach oben.

Als sie ein paar Minuten später in den Laden zurückkehrte und sich dort niemand mehr außer Leo befand, wollte sie sofort wissen: „Wo sind die Leute? Haben sie etwas gekauft?"

Bedauernd zuckte ihre Freundin mit den Schultern. „Sie wollten Tiramisu, aber das haben wir ja nicht."

Verzweifelt seufzend ließ sich Anja neben sie ins Sofa fallen. „Leo, was soll ich nur tun?"

Ihre Freundin klappte die Handflächen nach oben und guckte sie verständnislos an. „Wie wär's mit Tiramisu machen? Das wollen die Leute offenbar."

„Aber ich kenne doch Milenas Rezept nicht!"

„Na und? Nimm irgendein Rezept!"

„Nein, das kann ich doch nicht machen. Milenas Tiramisu war ja sehr speziell und ich verwende nur ihre Originalrezepte, das habe ich allen Leuten gesagt."

„Mamma mia, das weiß doch niemand!" Leo blies sich geräuschvoll eine Haarsträhne aus dem Gesicht.

Während die Freundinnen angeregt diskutierten, ging neuerlich die Türglocke. Als Anja erblickte, wer hereingekommen war, fühlten sich ihre Wangen plötzlich an wie glühende Kohlen. Sie erhob sich und knetete nervös ihre Finger.

„Ähm, hallo Severin“, stotterte sie.

Er stand in der Tür und lächelte sie an. Wieder einmal sah er umwerfend aus. Diesmal besonders smart. Bisher hatte sie ihn immer nur in seinen Sportklamotten gesehen, nun trug er schmale Jeans und ein seidig glänzendes Hemd. Es war marineblau und eng anliegend, sodass es seine sportliche Figur betonte. Darüber trug er eine dunkle Übergangsjacke mit aufgestelltem Kragen – ja, so kalt war es durch die Regenfront geworden.

Seine Haare waren perfekt gestylt. Auch deshalb, weil er für die paar Schritte vom Nachbarhaus hierher einen Regenschirm benutzt hatte, den er nun abspannte und in den Schirmständer steckte. Offenbar gehörte er zu jenen Männern, die äußerst eitel waren, was die Frisur betraf.

„Hey“, sagte er, nachdem er seinen Blick durch den Laden hatte schweifen lassen. „Wollte mir die Pasticceria nur mal von innen angucken. Heute können wir ohnehin nicht trainieren, bei diesem Wetter.“

„Ach, wie schön.“ Anja merkte, dass ihre Mundwinkel spannten. Offenbar grinste sie ihn gerade wie ein Honigkuchenpferd an. Schnell gab sie sich einen innerlichen Ruck, um wieder halbwegs normal dreinzuschauen. Sicher, gerade wäre sie über jeden Kunden froh gewesen, Severins plötzliches Auftauchen ließ aber noch dazu ihren Puls schneller gehen.

Sie schritt auf ihn zu und nahm ihm die Jacke ab. „Setz dich. Was darf ich dir bringen?“

Dieser Aufforderung kam er aber zuerst nicht nach, sondern begab sich zur Vitrine, wo er die darin ausgestellten Dolci betrachtete. „So viele süße Sachen“, murmelte er und rieb sich das Kinn. Dann zeigte er ein Lächeln, das einfach nur zum Dahinschmelzen war.

Ob ein Profi-Sportler überhaupt solche Zuckerbomben essen durfte? Leo und sie warfen sich eindeutige Blicke zu. Offenbar dachte ihre Freundin gerade dasselbe.

„Die Früchtetörtchen", fiel ihr schließlich ein. „Heute Morgen hab ich Früchtetörtchen gemacht. Die sind gesund, haben viele Vitamine." Nun ja, natürlich bestanden sie zu einem erheblichen Teil aus einer nicht gerade mageren Puddingcreme, aber trotzdem … „Soll ich dir eines bringen?", fragte sie.

Er winkte aber ab. „Süßspeisen sind ohnehin nicht so mein Ding. Am liebsten hätte ich nur einen Espresso, hm?"

„Sicher, gerne." Anja eilte hinter die Theke und setzte die Kaffeemaschine in Gang, während er sich auf dem freien Sofa niederließ.

„Wozu brauche ich denn schon eine süße Torte?", meinte er, als sie ihm den Espresso servierte.

„Hm?"

„Na ja, das Süßeste hier herinnen befindet sich ohnehin nicht in der Vitrine, definitiv nicht …" Der eindeutige Blick, der sie nun traf, erzeugte ein brennheißes Knistern auf ihrer Haut. Im nächsten Moment legte er den Kopf schief und grinste wie ein Bengel.

Meine Güte, hatte er das gerade wirklich gesagt? Leo gab am Nebensofa ein merkwürdiges Geräusch von sich. Offenbar ein Kichern, das sie krampfhaft zu unterdrücken versuchte. Beinahe hätte Anja den Espresso verschüttet. Es war nur einer Mischung aus Glück und Fingerfertigkeit zu verdanken, dass sie es schließlich doch schaffte, die Tasse auf dem Tischchen zu platzieren, ohne ein Malheur anzurichten.

Wie man eine Mittdreißigerin in Verlegenheit brachte, davon verstand Severin offenbar einiges, auch wenn er noch grün hinter den Ohren war. Apropos: Nun wollte sie es wissen.

„Wie alt bist du eigentlich?“, fragte sie, nachdem sie auf Sicherheitsabstand gegangen war und sich wieder hinter dem Tresen befand.

Er guckte zu ihr. „Fünfundzwanzig, wieso?“

„Ach, nur so.“

Ein Gefühl der Erleichterung kam in ihr auf. Zumindest die Volljährigkeit hatte er schon deutlich überschritten. Aber trotzdem, war sie gerade dabei, sich in einen Mann zu vergucken, der – schnell rechnete sie im Kopf nach – acht Jahre jünger als sie war?

Severin verzichtete darauf, die Gegenfrage zu stellen. Ein Beweis dafür, dass er nicht nur Komplimente machen konnte, sondern auch Manieren besaß. Stattdessen erzählte er vom Sporttraining. Den Espresso trank er betont langsam und benötigte eine knappe halbe Stunde dafür, das kleine Tässchen zu leeren.

Anja und auch Leo, die das Gespräch vom Nebensofa aus verfolgte, erfuhren, dass seine Kameraden Marco und Simone hießen und dass in der kommenden Woche hier in der Gegend ein Wettkampf stattfinden würde, ein Cross-Country-Rennen, auf das sie sich gerade vorbereiteten. Schließlich ließ Leo Marco und Simone noch einmal ihren Dank für die Rettungsaktion im Wald ausrichten.

Während sie sich weiter unterhielten, trafen sich immer wieder Anjas und Severins Blicke. Jedes Mal, wenn das passierte, dauerte es nur den Bruchteil einer Sekunde, dann setzte er sein Strahlemann-Lächeln auf. Sie war geradezu gefangen von diesem Anblick und das Flattern in ihrem Bauch verstärkte sich. Ein Gefühl, das sie nervös machte. Um sich irgendwie zu beschäftigen, griff sie zur Zange und schlichtete unsinnigerweise die Dolci in der Vitrine um.

„Tja, nun muss ich aber los“, sagte er schließlich und erhob sich. „Nur weil das Wetter outdoor nicht passt, darf ich leider nicht den ganzen Tag lang faul sein. Jetzt ist Krafttraining angesagt“, erklärte er.

Anja betrachtete seine kräftigen Oberarme. Die Muskelpakete zeichneten Wölbungen in die Hemdsärmel.

Nachdem er sich verabschiedet hatte und die Ladentür hinter ihm zugefallen war, atmete sie durch. Endlich verfestigten sich ihre Knie wieder. In der vergangenen halben Stunde hatten sie sich weich wie Puddingcreme angefühlt.

Leo klatschte in die Hände und kringelte sich vor Lachen. „Mamma mia, er hat‘s drauf, der Junge, nicht wahr?“, rief sie vergnügt.

„Hm, was meinst du?“

„Er hat mit dir geflirtet, da lag *Amore* in der Luft!“ Zur Untermalung rieb sie aufgeregt ihre Finger aneinander. „Selbst ein Blinder hätte das gesehen.“

„Stimmt doch gar nicht“, behauptete Anja und duckte sich hinter der Vitrine. Sie wollte ihrer Freundin nicht in die Augen schauen, wenn sie nicht die Wahrheit sagte.

„Es hat geknistert, selbst mir wurde ganz heiß.“ In einer übertriebenen Geste wischte sich Leo über die Stirn.

„So ein Unsinn!“, erwiderte Anja harscher als gewollt. „Du hast es ja selbst gehört, der Junge ist fünfundzwanzig, ich dreiunddreißig. Nein, das bildest du dir nur ein.“

Zum Glück konnte man ihr das Flattern im Bauch nicht ansehen. Zuzugeben, dass alles in ihr verrücktspielte, sobald Severin auftauchte, kam nicht infrage, denn diese Gefühle waren ihr nicht geheuer. Sie musste nur noch den Trick herausfinden, wie sie sie abstellen konnte, und dafür waren Leos Kommentare nicht gerade hilfreich. Daher wollte sie ihr nicht auch noch Futter geben.

Bisher hatte sich Anja immer nur für Männer interessiert, die älter als sie waren. Warum sollte sich das also plötzlich geändert haben? Kerle, die ihren festen Platz im Leben gefunden hatten – wie zum Beispiel Ludwig. Männer, die Halt gaben, wenn es darauf ankam. Na gut, dafür war Ludwig kein gutes Beispiel, aber das war ein anderes Thema und hatte nichts mit dem Alter zu tun. Auf alle Fälle passte Severin überhaupt nicht in dieses Schema, mochte er auch noch so aufregend sein.

Aber Leo ließ nicht locker. „Nun sei nicht so! Der Junge hat sich offensichtlich in dich verguckt, Liebste, und er sieht aus wie ein junger Gott. Was kann einem Besseres passieren? Gönn dir doch mal was, Liebste!" Sie machte eine Geste, als würde sie gerade eine leckere Praline anpreisen. „Also, wenn ich an deiner Stelle wäre, würde ich schon …"

„Leo, bitte!", zischte Anja und räumte eilig Severins Espressotasse weg.

In einer anderen Angelegenheit hörte Anja aber sehr wohl auf den Ratschlag ihrer Freundin: Am Sonntagmorgen machte sie Tiramisu. Rezept brauchte sie dafür keines, denn natürlich wusste sie, wie man das Dessert in seiner klassischen Variante zubereitete.

Fast alle benötigten Zutaten waren in ihrer Backstube ohnehin vorhanden. Nur Löffelbiskuits hatte sie am Vortag noch schnell in dem kleinen Lebensmittelmarkt hinter der Piazza Vicenza geholt.

Nun trug sie einen großen Becher Espresso von der Kaffeemaschine in die Backstube. Dort fügte sie einen Schuss Amaretto hinzu und tunkte darin die Biskuits ein, bevor sie sie in der Glasform nebeneinander anordnete. Dazu summte sie zum Gefangenenchor aus Nabucco mit. Die Melodie kam aus dem Radio. Vor ein paar Tagen hatte sie einen Sender aus Verona entdeckt, der nur Opernmusik spielte und daher ganz nach ihrem Geschmack war.

Sie blinzelte, denn durchs Fenster kamen die ersten Sonnenstrahlen des Tages. Der Himmel war blitzblau. Zum Glück hatten sich die grauen Wolken des Vortages verdünnisiert. Das konnte nur Gutes bedeuten, heute würden mehr Leute kommen und von dem Tiramisu würde nicht so viel übrigbleiben wie von den Früchtetörtchen am Vortag, immerhin hatten die Kunden ja in den letzten Tagen immer wieder danach verlangt.

Von dem Grundsatz, nur mit Milenas Originalrezepten zu arbeiten, abzurücken, fiel ihr nicht leicht, aber hatte sie eine andere Wahl? Sollte sie etwa die Pasticceria den Bach runtergehen lassen, weil sie die Leute weiterhin mit dem fehlenden Tiramisu verärgerte – dies hätte Milena ganz bestimmt nicht gewollt.

Motiviert verteilte sie mit dem Spatel die Mascarponecreme in der Form, bevor sie sich an die nächsten Schichten machte. Am Ende bestreute sie ihr Werk mit Kakaopulver und ritzte ein großes Herz hinein.

Als sie später den Laden öffnete, malte sie das Wort *Tiramisu* auf die Klapptafel, die sie hinaus auf die Piazza stellte. Hinter dem Tresen wartend warf sie danach neugierige Blicke durchs Fenster. Erste Passanten kamen und gingen an der Tafel vorbei.

Schließlich tauchte ein großer Sonnenhut auf der Piazza auf. Signora Stronzelli. Sie trug außerdem ein geblümtes Flatterkleid. Zur Feier des Tages hatte sie sich offenbar für einen Hippie-Look entschieden. Neugierig umkreiste die Rentnerin die Tafel und betrachtete sie von allen Seiten. Wenige Momente später huschte sie in den Laden und kam an den Tresen.

„Buongiorno“, begrüßte Anja sie.

„Kindchen, welch Überraschung an diesem Sonntag!“, erwiderte die Signora fröhlich. “Haben Sie nicht zuletzt noch gemeint, sie hätten sich – wie nannten Sie es? – für ein Sortiment ohne Tiramisu entschieden?“

„Stimmt, aber nun habe ich mein Sortiment eben geändert.“ Sie zuckte locker mit den Schultern und lächelte die Signora an.

„Fantastisch!“ Stronzelli bekam rote Backen. „Dann gönne ich mir doch gleich ein Stück. Bringen Sie es mir hinaus auf die Piazza, ja? Und außerdem hätte ich gerne einen Latte macchiato mit …“

„Mit einem Schuss Baileys, ich weiß.“ Anja lächelte.

Bisher hatte die Signora nur den gestrigen Regentag ausgelassen, abgesehen davon war sie aber in den vergangenen Tagen zur treuesten Kundin der Pasticceria avanciert. Daher kannte Anja die Spezialwünsche der Signora.

„Tausend Dank, Kindchen!" Die Dame stöckelte über die Türschwelle hinaus und entschied sich auf der Piazza für einen Platz in der Sonne.

Fahrig wischte sich Anja die Hände in der Schürze ab, bevor sie zum Kuchenheber griff. Sie wusste nicht, ob es ein guter oder schlechter Zufall war, dass ausgerechnet die Signora die erste Kundin war, die von ihrem Tiramisu kosten würde. In Crevello war Signora Stronzelli nämlich das, was man in der Internetwelt Influencer nannte. Jeder im Dorf kannte sie. Schmeckte ihr das Tiramisu, würde sie es herumerzählen und damit kräftig die Werbetrommel rühren. Vielleicht würde die Pasticceria dann demnächst wieder so gut laufen wie am Eröffnungstag.

Deshalb warf sie, nachdem sie Latte macchiato und Tiramisu serviert hatte, neugierige Blicke nach draußen. Die Signora nahm einen Bissen nach dem anderen, ihr Gesichtsausdruck war aber schwer zu deuten. Fieberhaft wartete Anja auf das Urteil. Um sich bis dahin zu beschäftigen, holte sie eine Ladung Struffoli aus der Backstube und baute aus den Kügelchen eine Pyramide, die sie in die Vitrine schob. Endlich bat die Signora um die Rechnung. Anja eilte mit dem Silberschälchen hinaus.

„Hat es Ihnen geschmeckt?", rief sie ihr entgegen, kurz bevor sie den Tisch erreichte.

Der Blick der Signora ließ aber nichts Gutes vermuten. „Kindchen, das Tiramisu haben Sie aber nicht nach Milenas Originalrezept zubereitet, nicht wahr?", bemerkte sie.

Anja schluckte. Es hatte keinen Sinn, es zu bestreiten. Bedauernd hob sie die Schultern. „Tut mir leid, ich kenne fast alle von Milenas Rezepten, nur jenes vom Tiramisu eben leider nicht."

„Das ist aber schade, mein Kind."

„Signora, aber vielleicht können Sie mir helfen. Bitte beschreiben Sie mir doch, wie Milenas Tiramisu geschmeckt hat."

„Ach, hm." Stronzelli sah in die Luft und rieb sich das Kinn. „Nun ja, es schmeckte, hm … wie ein Urlaub am Gardasee", sagte sie schließlich.

Die Angewohnheit der Signora, sich manchmal poetisch auszudrücken, fand Anja eigentlich total sympathisch, im Moment verfluchte sie diese Macke aber. Was um Himmels willen sollte man sich denn bitte unter einem Tiramisu, das nach einem Urlaub am Gardasee schmeckte, vorstellen?

„Können Sie den Geschmack vielleicht noch etwas näher beschreiben?", bat sie.

„Na, fruchtig eben." Stronzelli warf klimpernd ein paar Münzen in das Schälchen und erhob sich. „Tut mir leid, mein Kind, nun muss ich aber wirklich weiter. Wissen Sie, ich habe noch Termine. Arrivederci!" Schwungvoll wendete sie sich ab und stolzierte mit flatterndem Hippiekleid über die Piazza.

Anja blieb ratlos zurück. Natürlich, es gab alle möglichen Varianten von Tiramisu, bei denen Früchte beigemengt wurden. Erdbeertiramisu fiel ihr als erstes ein, aber schmeckte dieses nach einem Urlaub am Gardasee?

Sie war schon ein paar Mal an dem See gewesen. In dem mediterranen Klima an seinen Ufern wuchsen allerhand Früchte. Woher sollte sie wissen, welche Milena früher verwendet hatte? Angestrengt versuchte sie noch einmal, sich den Geschmack von damals in Erinnerung zu rufen, aber nein, sie schaffte es leider nicht.

Nachdenklich servierte sie das benutzte Geschirr ab. Sie musste einsehen, dass sie bei ihrem Problem keinen Schritt weitergekommen war. Dahin war auch die Hoffnung, dass die Signora das Tiramisu jedem anpreisen würde, denn sie war ja davon nicht gerade begeistert gewesen.

Auch die nächsten Stunden verliefen mittelprächtig. Im Laden herrschte zwar nicht eine gähnende Leere wie am Vortag, doch von einem Kundenansturm konnte auch nicht die Rede sein. Die Leute kamen tröpfchenweise. Hauptsächlich verkaufte sie Kaffee, hin und wieder ein paar Struffoli oder ein Tütchen Pralinen. Von dem Tiramisu war am späten Nachmittag noch mehr als die Hälfte übrig.

Es war später Nachmittag. Gerade waren nur zwei Kunden da, die mit Kaffee und Kuchen versorgt waren, und Anja füllte frische Arabica-Bohnen in die Espressomaschine, als sie im Augenwinkel durchs Fenster sah, dass Severin, Marco und Simone mit ihren Mountainbikes über die Piazza rollten. Sie verschwanden im Haus, erschienen aber ein paar Minuten später wieder im Vorgarten. In der Zwischenzeit hatten sie sich umgezogen und trugen nun nicht mehr ihre Sporttrikots, sondern normale Freizeitklamotten: T-Shirts und kurze Hosen.

Einer von ihnen – es war entweder Marco oder Simone, die sie noch nicht so recht auseinanderhalten konnte – ging ein paar Schritte hinaus auf die Piazza und telefonierte mit jemandem. Derweil flüsterten sich Severin und der dritte etwas zu und grinsten verschwörerisch. Auf einmal zückte auch Severin sein Handy. Er rief niemanden an, sondern begann offensichtlich damit, seinen telefonierenden Kollegen zu filmen, während sich der dritte von hinten anpirschte.

Plötzlich zog er seinem Kollegen die Hose runter.

„Ey …“, schrie dieser und fuhr herum. Mit der freien Hand angelte er nach dem Gummibund und zog sich die Hose wieder hoch.

Severin hatte die ganze Szene mitgefilmt und krümmte sich nun vor Lachen.

„Ihr Schwachköpfe!“, rief der Kollege, als er es bemerkte. Er klang nicht vollkommen verärgert, sondern auch ein bisschen amüsiert. Hastig sagte er schließlich etwas ins Telefon und steckte es weg.

Dann jagte er Severin über die Piazza und versuchte ihm das Handy mit dem pikanten Material abzuluchsen, während sich der dritte vor Lachen kringelte.

Ernsthaft, Severin war fünfundzwanzig? Gerade benahm sich das Trio eher so, als wären sie pubertierende Teenager. Auch wenn Anja beim Beobachten der Aktion grinsen musste, schüttelte sie innerlich den Kopf – über sich selbst. Dass es zwischen ihr und diesem Kindskopf gefunkt hätte, ach, das musste sie sich eingebildet haben.

Schließlich wendete sie sich wieder der Kaffeemaschine zu. Sie verschloss den Bohnenbehälter und schraubte die Dose zu. Dann straffte sie sich. Anstatt sich in Schwärmereien zu verlieren, sollte sie lieber dafür sorgen, dass ihr Laden endlich in Schwung kam. Sie sah ein Riesenproblem auf sich zukommen, wenn ihr das nicht bald gelingen würde. Ihr Leben in Deutschland hatte sie für das Abenteuer in Crevello komplett aufgegeben und ein Plan B existierte nicht. Derzeit kamen definitiv zu wenige Kunden, als dass die Pasticceria sich tragen würde. Irgendwann würde auch ihr Erspartes aufgebraucht sein.

Severin war in der Zwischenzeit von seinem Kollegen eingefangen worden und offenbar hatten sie sich darauf geeinigt, dass das pikante Video gelöscht wurde, denn Severin wischte gerade über das Handydisplay und sein Kollege beobachtete dies mit prüfendem Blick. Danach ließ er das Handy in seine Hosentasche gleiten, löste sich von seinem Kollegen und lief auf die Pasticceria zu.

„Hey Anja!“, rief er zur Begrüßung.

Die Sorgen, die gerade noch in ihrem Kopf herumgeschwirrt waren, zerplatzten nun wie Seifenblasen, dafür sorgte sein strahlendes Lächeln.

„Hallo“, erwiderte sie und ihre Mundwinkel gingen ebenfalls nach oben. In seiner Gegenwart war es praktisch unmöglich, irgendetwas anderes zu tun, als auch zu strahlen.

„Donnerstag ist bei dir Ruhetag, stimmt’s?“, erkundigte er sich.

Sie nickte. „Ja, richtig, ähm … wieso?“

„Nun ja, nächsten Donnerstag findet die Monte Baldo Trophy statt. Ein Rennen.“

„Ja?“

„Ich wollte fragen, hm, vielleicht habt ihr ja Lust, also du und Leonora … wollt ihr vielleicht zuschauen kommen?“ Nun glitt seine Hand in die Hosentasche und er legte zwei Kartontickets auf den Tresen. „Mit dem Auto fährt ihr von hier zirka eine Stunde dorthin“, erklärte er.

Anja nahm die Tickets und betrachtete sie. Ein stilisierter Berg und ein Radfahrer waren darauf abgebildet. Der Monte Baldo sagte ihr etwas. Es handelte sich um einen bekannten Gebirgszug am Ostufer des Gardasees. Sie war schon einmal zum Wandern dort gewesen. Eine wunderschöne Bergregion.

„Donnerstag habe ich eigentlich noch keine Pläne“, überlegte sie laut.

„Schön. Trifft sich also gut, nicht wahr?“

Sie hatte sich tatsächlich noch nichts Konkretes vorgenommen, allerdings hatte sie darüber nachgedacht, ob sie den Tag nicht in der Backstube verbringen und ein paar Tiramisu-Varianten durchprobieren sollte.

„Würde mich freuen, wenn ihr kommt.“ Sein Strahlen tat seine Wirkung, denn ihr Vorhaben in der Backstube war von einem Moment auf den anderen nicht mehr wichtig. Sicher, Severin bei einem Sportwettkampf zu beobachten, diese Gelegenheit wollte sie sich nicht entgehen lassen. Himmel, sie arbeitete ohnehin jeden Tag mindestens zwölf Stunden lang. Irgendwann musste sie sich doch auch etwas Freizeit gönnen, nicht?

„Gerne“, sagte sie schließlich. „Und ich werde auch Leo fragen.“

VIERTES KAPITEL

„Jeden Donnerstagnachmittag werde ich mir nun aber nicht freinehmen können." Leo lachte. „Ha, du kannst dir nicht vorstellen, wie komisch der Bürgermeister heute geguckt hat, als ich schon wieder mittags aus dem Büro gestürmt bin, na ja … oder besser gesagt, gehinkt."

„Ach Leo, so lieb, dass du mitgekommen bist." Ohne ihre Freundin wäre Anja wahrscheinlich nicht zu dem Rennen gefahren. Erstens besaß sie kein Auto. Okay, ihren Fiat Punto hätte ihr Leo zwar auch geliehen, aber eine solche Veranstaltung machte alleine doch keinen Spaß. Ein Glück, dass Leo eine gute Seele war und sich zu der Aktivität hatte überreden lassen.

Mittlerweile befanden sie sich auf einer vollbesetzten Tribüne, die am Fuß des Monte Baldo-Massivs aufgebaut worden war. Von ihren Plätzen aus sahen sie hinunter auf eine Wiese, die von einem bewaldeten Hangrücken umgeben war. Rote Absperrbänder markierten den Verlauf der Rennstecke. Es war eine Lehmpiste mit vielen Pfützen, denn in der vergangenen Nacht hatte es erneut geregnet.

Jetzt kamen wieder zwei Biker. Sie schossen aus dem Wald heraus und erreichten eine Geländekante, die den Effekt einer Schanze hatte. Sie flogen einige Meter weit. Unmittelbar nachdem sie wieder Bodenkontakt hatten, ging es um eine Kurve. Schlamm spritzte. Die Sportler traten wild in die Pedale. Sie lieferten sich ein hartes Match und rasten nebeneinander über die Start-und-Ziellinie, während das Publikum johlte. Einer von ihnen hatte die Startnummer 39 und auf seiner Radlerhose befand sich der Schriftzug *Racing Team Venezia*. Wegen der vielen Lehmflecken war es gerade noch zu lesen.

„Schau, das muss Marco sein, oder Simone", rief Anja. Severin war es nicht, denn der hatte die Nummer 31.

Von ihren Plätzen aus waren nur ein paar hundert Meter der Strecke zu sehen. Genauso schnell wie die beiden Sportler aufgetaucht waren, verschwanden sie jetzt wieder im Wald. Für sie ging es erneut den Berghang hoch.

„Es ist ein Rundkurs, den sie fahren. Zirka fünf Kilometer lang", erklärte Anja, die sich im Internet über das Rennen schlau gemacht hatte. „Dieser wird immer wieder gefahren, eine Stunde lang. Die Fahrer gehören zwar Teams an, bei diesem Rennen fährt aber jeder als Einzelkämpfer. Und wenn die Glocke geläutet wird, kommt die Schlussrunde."

„Ha, dass ich eines Tages bei einem Radrennen zuschauen werde, wer hätte das gedacht!" Fasziniert betrachtete Leo das Geschehen. „Hopp, hopp, hopp!" Sie jubelte mit dem restlichen Publikum mit, weil nun eine ganze Gruppe an Fahrern kam, die die Start-Ziel-Linie überquerte.

Obwohl Leo mit Mountainbiken bisher genauso wenig am Hut gehabt hatte wie Anja, wirkte sie begeistert. Immer wieder jubelte sie und schwang ihre Arme durch die Luft. Lautstark feuerte sie jeden Fahrer an. Jeder Außenstehende hätte wohl gedacht, dass sie ein eingefleischter Fan dieser Sportart war.

Auch Anja applaudierte, allerdings war sie viel zurückhaltender. Nun ja, unvermittelt aufzuspringen und zu johlen, gehörte schlichtweg nicht zu ihrem Naturell. Sie wäre sich komisch vorgekommen.

Zum Glück hatte Severin ihnen Sitzplätze auf der Tribüne besorgt. Andernfalls hätte Leo mit ihrem lädierten Fuß nicht mitkommen können. Ihre Bänderzerrung hatte sich in der Zwischenzeit zwar etwas gebessert, doch ihr Doktor hätte wohl die Hände über dem Kopf zusammengeschlagen, wenn sie hier über Stock und Stein gelaufen wäre.

Unten auf der Wiese direkt hinter den Bändern gab es nämlich auch einen Bereich, in dem Zuschauer rumliefen und die Fahrer anfeuerten.

Manche schwenkten Fahnen und einige hatten ihre Gesichter mit den Farben der Teams bemalt. Blaue Streifen auf den Wangen bedeuteten, dass es sich um Fans von Severin, Simone und Marco handelte. Das hatte Anja bereits herausgefunden.

„Guck mal, Severin ist momentan auf Platz fünf, Simone ist achter, Marco zwölfter, und das bei mehr als vierzig Teilnehmern. Sie sind richtig gut, unsere Jungs, was?“, freute sich Leo.

Hinter der Start-und-Ziel-Linie befand sich eine große Videowand, auf der die aktuellen Platzierungen angezeigt und auch Live-Bilder von anderen Streckenabschnitten eingespielt wurden. Gerade war eine steil ansteigende Passage zu sehen. Ein Athlet quälte sich hinauf.

„Das ist Nummer 31, das ist Severin“, rief Anja. Gebannt starrte sie die Leinwand an. Jetzt wurde sein Gesicht in Nahaufnahme gezeigt. Er biss sich angestrengt auf die Unterlippe, während er Meter für Meter bewältigte.

Eine Gänsehaut breitete sich auf ihrem Rücken aus. Nicht nur wegen der Stimmung – die Menschen um sie herum schrien aus Leibeskräften – nein, zugegeben hatte es auch etwas Erotisches, Severin dabei zuzusehen, wie er sich abkämpfte. Er erreichte die Kuppe und raste im nächsten Moment schon wieder abwärts. Sobald er verschwunden war, erschien ein Bild aus einer neuen Kameraeinstellung. Ein anderer Streckenabschnitt, ein anderer Athlet. Rasant ging es weiter.

„Schon aufregend, so ein Rennen!“, sagte sie zu Leo.

„O ja!“

„Es sind Fahrer aus fünf Ländern hier, letztes Jahr hat ein Slowene gewonnen“, erzählte sie.

„Hopp, hopp, hopp“, brüllte Leo.

Immer wieder versuchte Anja, mit Fachwissen aufzutrumpfen. Dafür hatte sie extra im Internet recherchiert. Als sie Leo darum gebeten hatte, mitzukommen, hatte sie nämlich vorgegeben, sie würde sich das Rennen vor allem deshalb angucken wollen, weil es sie schon immer gereizt hätte, eine solche Veranstaltung hautnah mitzuerleben. Dass es ihr hauptsächlich darum ging, Severin in voller Action zu erleben, hatte sie geflissentlich verschwiegen. Immer noch hielt sie es für besser, ihrer Freundin nicht auf die Nase zu binden, dass sie sich in Severin verguckt hatte. Sie war acht Jahre älter als er, sie wollte sich ja nicht zum Clown machen.

Nun ertönte die Glocke und mehrere Fahrer rasten über die Linie. Eins, zwo, drei, vier … ja, Nummer 31 kam als fünfter. Auf ging es in die letzte Runde. Wow, Severin fuhr also um die Spitzenplätze mit.

An den Absperrbändern befanden sich ein paar Grüppchen junger Frauen, die den Fahrern besonders laut zujubelten. Es waren Italienerinnen, wie man sie sich vorstellte: sehr knappe Klamotten, viel Make-up und auffälliger Modeschmuck. Sie sahen eher so aus, als hätten sie sich für einen Discoabend zurechtgemacht als für eine Sportveranstaltung. Als die Spitzengruppe an ihnen vorbeiraste, führten die jungen Frauen eine Art Tanz auf. Schwarze Haarmähnen flogen durch die Luft.

„Ron-za-no, Ron-za-no“, skandierten welche mit blauer Gesichtsbemalung. Ronzano war der Mädchenname von Severins Mutter. Er führte ihn im Sport als Art Künstlernamen, obwohl er in Wirklichkeit Kellmann hieß wie sein Schweizer Vater. Das hatte er letztens bei seinem Besuch in der Pasticceria erzählt.

Aha, die Mädchen waren also Severins Fans. Sie verhielten sich nicht anders als Teenager, die vor einer Konzerthalle standen und den Namen eines Popstars kreischten. Fehlte nur, dass im nächsten Moment eine von ihnen vor Aufregung kollabierte.

„Hast du gewusst, dass es im Mountainbike-Sport einen solchen Fankult gibt?“, raunte Anja Leo zu.

„Na, wir sind eben Italiener“, erwiderte Leo, während ihre Arme durch die Luft wirbelten. „Wir sind leicht zu begeistern. Hopp, hopp, hopp!“, schrie sie.

In diesem Moment wurde das Kreischen und Jubeln noch lauter. „Schau, schau!“ Leos ausgestreckter Finger schoss vorwärts und zeigte auf die Anzeigetafel.

In der Liste mit den Platzierungen gab es gerade Bewegung. Der Name Severin Ronzano rutschte vom fünften auf den vierten Rang vor. Auf dem Video daneben war zu sehen, wie der Fahrer mit der Nummer 31, also Severin, auf einer Steilpassage an zwei anderen vorbeizog. Im Ranking machte er nun einen weiteren Platz gut.

„Jetzt ist er Dritter“, rief Leo und jauchzte.

Ein paar Minuten später erreichte die Spitzengruppe den von der Tribüne aus einsehbaren Start-Ziel-Bereich. Zuerst kamen der Führende und der erste Verfolger aus dem Wald. Auf der Zielgeraden erhoben sich die Athleten aus ihren Satteln und traten so fest in die Pedale, dass die Bikes unter ihnen regelrecht zitterten. Mit etwas Abstand folgte Severin.

„Super, er ist Dritter geworden!“, jubelte Leo, als er die Ziellinie überquerte.

„Wahnsinn, wow!“ Auch Anja klatschte fest in die Hände.

Leo war außer Rand und Band. „Ron-za-no, Ron-za-no“, skandierte sie mit der Menge. Sie sprang auf, schwenkte ihre Arme und hüpfte – aber nur, um einen Moment später zuckend wieder auf ihrem Platz zu sitzen. „Mist, mein Gelenk, das hatte ich total vergessen“, stöhnte sie.

„Meine Güte, Leo … alles gut?“ Anja sah ihre Freundin besorgt an und rieb ihr die Schulter.

„Ja, ja, alles okay.“

Etwas später fand die Siegerehrung statt. Wo sich gerade noch die Start-Ziel-Linie befunden hatte, war nun ein Podest aufgebaut worden. Die Bestplatzierten, darunter also auch Severin, hatten sich ein paar Meter dahinter eingefunden und warteten. Severin nahm gerade den Helm ab und schüttete sich Wasser aus der Trinkflasche über den Kopf. Dann schüttelte er seine Haare aus. Auf der anderen

Seite des Podests warteten drei Blondinen mit Blumensträußen und Pokalen.

Der Sieger war jener Fahrer aus Slowenien, der auch im Vorjahr gewonnen hatte. Platz zwei belegte ein Italiener, der aber nicht zu Severins Team gehörte. Nun ertönte eine Fanfare. Severin, der Drittplatzierte, wurde als erster aufgerufen. Er bestieg das Podest und riss die Arme in die Höhe. Kreischende Mädchen waren zur Absperrung gekommen. Sie ließen hören, was ihre Kehlen hergaben. Severin sah völlig abgekämpft aus, Gesicht und Haare waren nass. Er ballte die Fäuste. Einen Moment lang war sein Gesichtsausdruck verbissen, dann strahlte er umwerfend. Dafür reichte die Energie noch. Er sah einfach nur fantastisch aus.

Schließlich warf er den Mädchen Blicke zu und zwinkerte, woraufhin innerhalb dieser Gruppe ein Kichern ausbrach. Dann kreischten die Mädchen erneut, nur noch einen Tick lauter.

Danach erklommen der Zweitplatzierte und der Sieger das Podest. Erstaunlicherweise ernteten sie weniger Jubel als Severin. Nun ja, vielleicht lag es daran, dass er dem Team aus Venetien angehörte und damit ein Lokalmatador war. Die drei Blondinen setzten sich in Bewegung und überreichten den Fahrern die Blumen und Pokale, bevor sie zu ihnen aufs Podest stiegen. Danach ertönte das Klicken der Kameras. Die Pressefotografen hatten bereits davor Stellung bezogen. Die Blondinen gaben den Fahrern Küsschen auf die Wangen. Dies war offenbar ein begehrtes Fotomotiv.

Als der offizielle Teil der Veranstaltung vorbei war, schlüpften einige Mädchen unter dem Absperrband durch und liefen auf die Fahrer zu. Es wurden Autogramme geschrieben und Selfies geknipst. Mit einer zierlichen jungen Frau unterhielt sich Severin besonders lange. Sie hielt ihm ein Buch hin, in das er etwas hineinkritzelte.

Danach sagte er ihr etwas ins Ohr und guckte sie schief grinsend an und zwinkerte. Sie rannte zurück zu ihren Freundinnen und dort wurde getuschelt.

Als Anja das Geschehen beobachtete, bildete sich ein Kloß in ihrem Hals. Sie versuchte, ihn runterzuschlucken. Dafür fühlte er sich aber zu sperrig an. Himmel, war sie etwa eifersüchtig auf die junge Frau, mit der Severin gerade geturtelt hatte? Meine Güte, das war doch unsinnig!

Na gut, Severin war also ein Mädchenschwarm. War doch schön für ihn. Hätte ihr eigentlich egal sein können, oder? Nun flirtete er mit einem anderen Mädchen und tief in ihr brodelte es. Meine Güte, war sie etwa verknallt in ihn – genauso wie wohl einige der Teenagermädchen, die ihn gerade umringten. Nur mit dem Unterschied, dass sie keine siebzehn war, sondern dreiunddreißig.

Nun bereute sie es, dass sie sich auf dieser Tribüne befand. Warum hatte sie den Ruhetag nicht dafür genutzt, neue Tiramisu-Varianten auszuprobieren. Immerhin ging es dabei um ihren Laden. Eine Angelegenheit, die tausendmal wichtiger war, als sich hier Severins Flirt-Show zu geben.

Später leerte sich die Tribüne und Leo schlug vor: „Wollen wir auch hinunter und Severin gratulieren?“

Anja blickte zum Podest. Immer noch war er dort von jungen Frauen umringt, also winkte sie ab. „Ach, das können wir doch zu Hause genauso noch tun. Schätze, er wird froh sein, wenn er bald seine Ruhe hat. Schauen wir lieber zu, dass wir schnell von hier wegkommen. Sicher wird es einen Stau geben, wenn alle gleichzeitig fahren.“

Dieses Argument leuchtete Leo ein, also gingen sie zum Auto.

Später, als sie auf der Autostrada in Richtung Verona unterwegs waren, legten sie an einer Raststätte einen WC-Stopp ein. Am Waschbecken, wo sich Anja die Hände einseifte, befanden sich auch zwei etwa achtzehnjährige Mädchen, die gerade ihre blaue Gesichtsbemalung entfernten. Sie waren also auch bei dem Mountainbike-

Rennen gewesen. Während sich die eine Wasser ins Gesicht schaufelte, schnatterte die andere aufgeregt.

„Rate mal, von wem Flavia letztens die Nummer bekommen hat?“

Die andere gab unter dem rauschenden Wasserstrahl ein Glucksen von sich.

„Von Simone Bianchi!“, rief das Mädchen aus.

Anja horchte auf. Simone Bianchi, das war doch … ja, Simone. Severins Teamkollege.

„Flavia ist so cool, sie hat ihn einfach angeschrieben“, erzählte das Mädchen aufgeregt weiter und ihre Freundin drehte das Wasser ab.

„Was, echt? Und?“

„Stell dir vor, er hat zurückgeschrieben, ist das nicht krass?“

„Krass, ja.“

„Sie haben danach immer wieder miteinander geschrieben. Und dann … dann ist sie mal bei ihnen gewesen.“

„Wie, bei ihnen?“

„Ja, die drei wohnen ja gemeinsam irgendwo in der Nähe von Verona.“

„Echt, wo denn?“

„Na ja, das wollte Flavia nicht verraten.“ Das Mädchen machte ein beleidigtes Gesicht.

Als nächstes steckten die Freundinnen die Köpfe zusammen und tuschelten, bis die eine rief: „Nein, nicht wahr, Flavia lügt doch!“

„Doch, doch, sie hat‘s geschworen!“

Es wurde aufgeregt weitergeschnattert. So schnell, dass Anjas Italienischkenntnisse nicht reichten, um jedes Wort zu verstehen und ehrlich gestanden war sie darüber recht froh. Zwischendurch fiel nämlich auch der Name Severin Ronzano.

Aha, so war es also. Die drei luden sich ihre Groupies in ihr Haus ein. Anja brauchte nicht viel Fantasie, um sich auszumalen, wofür.

Tja, sie waren eben Jungs, die von vielen Mädchen angehimmelt wurden. Mal ehrlich, wen wunderte es schon, dass sie es auskosteten?

Damit sie nicht noch mehr Dinge mitanhören musste, über die sie eigentlich gar nichts wissen wollte, trocknete sie sich eilig die Hände ab und verließ das WC.

„Schauen wir zu, dass wir schnell nach Hause kommen, hm?“, seufzte sie, als sie sich zu Leo ins Auto setzte.

FÜNFTES KAPITEL

Am nächsten Tag rief Ludwig an. Anja hatte gerade die Pasticceria geschlossen und war auf dem Weg zum Obstladen, denn sie musste etwas Neues ausprobieren. So konnte es nicht weitergehen.

Auch an diesem Tag war das Geschäft mehr schlecht als recht gelaufen. Weiterhin hatte es nur verhaltene Reaktionen auf ihr Tiramisu gegeben. Deshalb wollte sie es am nächsten Tag mit einer Kirsch-Crostata versuchen. Vielleicht würde sie ihre Kunden ja damit überzeugen können. Langsam gingen ihr aber die Ideen aus.

Gleich am Morgen würde sie Milenas Crostata-Rezept zur Hand nehmen und diese fruchtige Torte aus Mürbeteig backen. Dafür brauchte sie ein halbes Kilo Kirschen, also überquerte sie die Piazza Vicenza und bog in das enge Gässchen ein, das sich in einigen Kurven hinunter zur Piazza Cardinale schwang.

Zwischen den Häusern waren Leinen gespannt, auf denen bunte Wäsche im Wind flatterte. Aus einem offenen Küchenfenster drang der Duft von Spaghetti all'arrabbiata und vermischte sich mit dem der mediterranen Gewächse, die sich in reichlich verzierten Terracotta-Töpfen vor den Hauseingängen befanden: Oleander, Wandelröschen, Lavendel, Zitronenthymian.

Ihr Handy holte sie eigentlich nur aus der Handtasche, um die Uhrzeit zu erfahren, denn sie wusste, dass der Obstladen um neunzehn Uhr schließen würde. Da sah sie, dass sie einen Anruf in Abwesenheit hatte. Ludwig. Vor gerade einmal zwei Minuten hatte er versucht, sie zu erreichen, nur sie hatte das Handy nicht gehört. In dieser Sekunde piepte das Gerät erneut. Eine Textnachricht von Ludwig traf ein, die sie sofort öffnete.

„Können wir reden?“

Sie seufzte und ging erst einmal an dem Obstladen vorbei, hinaus auf die Piazza Cardinale, wo sie sich auf eine freie Bank setzte, denn sie musste nachdenken.

Mit Ludwig hatte sie in den Wochen, nachdem sie mit ihm Schluss gemacht hatte, zwar noch sporadisch Kontakt gehabt, seitdem sie in Crevello war, hatte sie aber nichts mehr von ihm gehört. Er wusste, dass sie nicht mehr in Deutschland lebte. Worüber wollte er denn jetzt reden?

Zwischen ihnen war doch alles geklärt, denn sie hatte mit ihm damals lange gesprochen und die Trennung ausführlich begründet. Es war vorbei. Trotzdem, auf eine Nachricht einfach nicht zu antworten, war noch nie ihre Art gewesen, also nahm sie das Handy und tippte.

„Worüber denn?“

Nur wenige Sekunden, nachdem sie die Nachricht abgeschickt hatte, zeigte ihr die App an, dass Ludwig bereits an seiner Antwort formulierte. Er schrieb und schrieb. Zwei Minuten vergingen, dann kam seine nächste Nachricht.

„Maus, bitte lass uns über alles reden. Ich vermisse dich doll! Ja, du hast mit allem rechtgehabt, was du gesagt hast. Ja, suchen wir uns eine gemeinsame Wohnung. Es tut mir so leid und ich möchte mich ändern, versprochen! Darf ich dich besuchen kommen, in Italien? Können wir über alles reden? Bitte Maus, gib uns noch eine Chance!“

Verdammt! Sie fluchte innerlich. Wieso erst jetzt, Ludwig? Hätte er sich nicht früher schon einmal dazu hinreißen lassen können, sein Verhalten zu reflektieren? Die Probleme mit dem Laden, die dumme Schwärmerei für Severin, die nur dazu führen konnte, dass sie sich irgendwann bis auf die Knochen blamieren würde – vielleicht, na ja, wäre alles anders gekommen und sie würde nun in ihrem Reihenhaus im Rheinland … nein, sie wischte den Gedanken weg.

Na, wohin sollte es denn schon führen, wenn er nach Crevello kommen und sie noch einmal über alles reden würden? Dachte Ludwig etwa, sie würde hier einfach alles hinschmeißen und den Retourgang zurück in ihr altes

Leben einlegen, nur weil er sich nun dazu bequemt hatte, nachzudenken? Nein, das kam nicht infrage.

Aber sollte sie ihn nicht zumindest anhören? Himmel, sie wusste nicht, was sie antworten sollte, also hielt sie sich so vage wie möglich.

„Ich überleg's mir.“

Schließlich steckte sie ihr Handy wieder in die Handtasche. Eines wusste sie: Kampflos wollte sie die Pasticceria nicht aufgeben, trotz aller Hindernisse. Das war sie Milena schuldig. Sie erhob sich, straffte sich und steuerte das kleine Gässchen an, denn sie brauchte Kirschen.

Der Obstladen bestand nur aus einem winzigen Raum und einigen an der Außenmauer verankerten Stellagen. Um diese Uhrzeit waren die meisten Kisten und Paletten bereits leer. Außerdem gab es einen kleinen Tisch mit einer Geldkassette. Daneben saß den ganzen Tag lang Florentina, die Obsthändlerin – eine kleine Frau mit Kopftuch, sonnengegerbtem Gesicht und einigen Goldzähnen im Mund.

„Anja“, rief sie, als sie sie kommen sah, und hob freudig die Hand. „Machst du morgen etwa wieder Früchtetörtchen?“

„Nein, eine Crostata soll's morgen geben“, erwiderte Anja.

Florentina und sie kannten sich, weil sie bei einem ihrer Einkäufe in den vergangenen Tagen ins Plaudern gekommen waren. Daher wusste die Obsthändlerin, dass Anja die neue Besitzerin der Pasticceria war.

Florentina war in Crevello quasi eine Institution. Den kleinen Obstladen betrieb die alte Frau schon seit vielen Jahrzehnten. Bereits Milena hatte bei ihr frische Früchte eingekauft.

„Für die Crostata bräuchte ich einen halben Kilo Kirschen, hast du noch welche hier?“ Anja sah sich besorgt um, denn auf dem ersten Blick hatte sie keine entdecken können.

„Kirschen? O ja, selbstverständlich.“ Florentina erhob sich stöhnend von ihrem Stuhl. Schwerfällig bewegte sie sich zu den Stellagen und kam mit einer Kiste wieder, in der sich tatsächlich Kartontässchen mit dunkelroten Kirschen befanden. „Solange du nicht solche Sonderwünsche wie Milena damals hast, bekommst du bei mir immer alles. Ein halbes Kilo, ja?“

Anja nickte und die Obsthändlerin hob zwei Tässchen aus der Kiste, bevor sie diese wieder zurück zur Stellage brachte.

„Welche Sonderwünsche denn?“, fragte Anja nach, als sich Florentina wieder ächzend auf ihren Stuhl sinken ließ.

„Na, die Orangenblüten zum Beispiel.“ Die Obsthändlerin lachte, dabei funkelte ihr goldener Schneidezahn in der Abendsonne.

„Orangenblüten, weißt du, wofür Milena die benötigt hat?“

„Na, fürs Tiramisu.“

Anja ließ ihr Portmonee sinken, das sie gerade aus der Handtasche geholt hatte, und sah Florentina an. Sie hob ihre Augenbrauen. „Orangenblüten, fürs Tiramisu?“

„Ja, was weiß ich?“ Florentina fuchtelte herum. „Sie hat sie zum Dekorieren verwendet, glaube ich. Orangenblüten, verstehst du? Orangen hab ich immer, ja, aber die Blüten, die bekommt man nicht so leicht, verstehst du?“ Ihr Tonfall wurde schärfer, beinahe empört. „Ich hab ihr aber immer welche besorgt, im Großmarkt“, verkündete sie schließlich stolz.

Anja erwiderte nichts, denn sie dachte angestrengt nach. Mit Erfolg, denn plötzlich blitzte tatsächlich eine klitzekleine Erinnerung in ihr auf und im nächsten Moment hatte sie sogar ein Bild vor Augen. Auf kleinen Glastellern hatte Milena die Portionen stets angerichtet, und ja, es stimmte! Als Dekoration hatte sie immer eine Blüte auf den Tellerrand gelegt. Dabei hatte es sich also um Orangenblüten gehandelt. Ja, das war doch höchst interessant.

„Bedeutet dies vielleicht, dass im Tiramisu selbst auch Orangen verarbeitet waren?“

„Anja, was fragst du für Sachen?“ Florentina stöhnte.

„Na, hat Milena bei dir nur die Blüten oder auch immer viele Orangen gekauft? Bitte, Florentina, versuch dich zu erinnern – es ist wichtig.“

Die Obsthändlerin runzelte ihre ohnehin faltige Stirn, aber nur, um danach bedauernd den Kopf zu schütteln. „Das ist mehr als zehn Jahre her, an solche Sachen kann ich mich doch nicht erinnern. Nur an die Orangenblüten. Immer wollte sie Orangenblüten und die sind so schwer zu bekommen“, beklagte sie sich erneut.

„Schon gut, Florentina, du hast mir sehr geholfen. Hast du noch Orangen hier?“

„Blüten, nein, die sind doch so schwer zu bekommen …“

„Nein, ich will normale Orangen, keine Blüten.“

„Ach so, na sicher. Schau, dort drüben steht noch ein ganzer Eimer.“

„Perfekt, ich nehme sie.“

„Wie viele willst du denn haben?“

„Alle. Und die Kirschen, ähm, die bräuchte ich dann gar nicht mehr.“

Ein verdutzter Blick traf Anja. Florentina schüttelte den Kopf. „Ihr jungen Leute, nie könnt ihr euch entscheiden.“

„Tut mir leid, ich wollte dir keine Umstände machen.“

„Schon gut.“ Seufzend räumte die Obsthändlerin die Kirschtassen wieder weg und holte die Orangen.

Nach dem Bezahlen trug Anja den Eimer das Gässchen hinauf zur Piazza Vicenza. Zu Hause wollte sie nach Rezepten für Tiramisu mit Orangen googeln. Natürlich, Milenas Originalrezept würde sie im Internet zwar nicht finden, aber vielleicht hatte sie ja Glück und fand eines, das sehr ähnlich war.

„Huch, mein Kind, was wollen Sie denn mit den vielen Orangen?“

Anja erschrak. Signora Stronzelli hatte sie von der Seite angesprochen. Sie war mit einer Freundin unterwegs. Zumindest flüchtig kannte Anja auch die andere Frau, denn sie war an einem der vergangenen Tage mit Signora Stronzelli in der Pasticceria gewesen – sie hieß Signora Casagrande. Die Damen hatten sich bunte Bänder ins Haar geflochten und trugen Tüten voller Lebensmittel.

„Wie schön, dass ich Sie treffe, meine Damen", freute sich Anja. „Hm, ich hätte nämlich eine Frage." Sie wendete sich Stronzelli zu.

„Soso, was wollen Sie denn wissen, mein Kind?"

„Wir haben uns ja letztens über Milenas Tiramisu unterhalten. Sagen Sie, könnte es sein, dass es sich dabei um ein Orangen-Tiramisu gehandelt hat?"

„Richtig, mein Kind", erwiderte Stronzelli. „Das sagte ich Ihnen doch, es schmeckte wie ein Urlaub am Gardasee."

„O ja!", stimmte auch ihre Freundin zu und klatschte verzückt in die Hände. „Die Orangen vom Gardasee, sie sind so wunderbar. Es gibt ja so viele kleine Plantagen dort."

„Und Milenas Tiramisu hatte genau diesen perfekt fruchtigen Geschmack. Köstlich, deliziös."

„Ganz Crevello war verrückt danach."

Während die Damen begeistert in Erinnerungen schwelgten, gingen Anjas Mundwinkel nach oben. Na bitte, warum hatte die Signora denn nicht gleich gesagt, woraus Milenas Tiramisu konkret bestanden hatte, wenn sie es doch wusste? Hoffnung kam in ihr auf. Vielleicht war sie dem Rezept nun einen Schritt nähergekommen.

Sie hatte eine Idee. „Darf ich die Signoras morgen zu einer Tiramisu-Verkostung in die Pasticceria einladen?", schlug sie vor. „Wissen Sie, ich versuche gerade, Milenas altes Rezept herauszufinden und werde ein wenig experimentieren." Sie hob den Orangeneimer an, um zu zeigen, dass sie dafür gut ausgestattet war.

„Oh, das klingt wunderbar!"

„Kommen Sie doch morgen vorbei, ja?"

Die Damen bekamen freudige Gesichter und ihre Haarbänder flatterten im Wind. „Gerne, sehr gerne!"

Beschwingt spazierten sie mit ihren Tüten hinunter zur Piazza Cardinale, während Anja weiter die Pasticceria ansteuerte. Als sie dort eintraf, begann sie sofort zu googlen.

Im Internet wimmelte es nur so vor Rezepten für Orangen-Tiramisu. Es gab unzählige Varianten. Gleich am nächsten Morgen suchte sich Anja drei davon aus und bereitete sie zu. Beim ersten Tiramisu musste sie zwischen Löffelbiskuits und Creme eine Schicht aus Orangenfilets einziehen, beim zweiten wurden die Früchte püriert und direkt in die Creme eingearbeitet und auch für das dritte war eine Orangenmasse notwendig, die sie am Ende mit geriebenen Orangenschalen bestreute.

Überraschend war, dass alle drei Varianten nach der Zubereitung völlig anders aussahen, als man sich herkömmliches Tiramisu vorstellte. Ihrer Erinnerung nach hatte Milenas Original aber die typische Optik gehabt, inklusive Kakaopulver. Sie hoffte sehr, dass sie sich in diesem Punkt täuschte.

Kurz vor Mittag trafen die Signoras ein. Obwohl es Samstag war, hielt sich der sonstige Kundenansturm wieder einmal in Grenzen, also hatte sie reichlich Zeit, sich um die beiden Verkosterinnen zu kümmern. Von jedem der drei Desserts schnitt sie schmale Scheiben ab und drapierte diese auf dekorativen Porzellantellern. Damit es die Damen danach leichter haben würden, zu sagen, von welchem Tiramisu sie sprachen, beschriftete sie sie mit Ziffern aus Zuckerguss, die eigentlich für Geburtstagstorten gedacht waren.

Nachdem sie die Teller serviert hatte, schritt sie hinter der Theke auf und ab und behielt dabei die Signoras ständig im Auge. Kaum war der letzte Bissen verdrückt, marschierte sie auf die Piazza.

„Na, wie hat's denn geschmeckt meine Damen?", erkundigte sie sich.

Signora Casagrande legte die Gabel weg und rieb sich das Kinn. „Nun ja", begann sie. „Ihre Kreationen, hm, sie schmeckten, tja … hm, ja … ganz interessant."

Die Worte fühlten sich an wie ein Schlag auf den Kopf, denn natürlich wusste sie, was gemeint war, wenn jemand einen Geschmack als interessant bezeichnete.

Schließlich ergriff Signora Stronzelli das Wort. „Nicht doch, ihre Desserts waren ja nicht übel, alle drei nicht. Aber, nun ja, wie soll ich es ausdrücken? Sie waren zu … orangig!"

„Orangig?"

„Nun ja, Milenas Tiramisu hatte nur einen Hauch von Orangengeschmack, eine Prise." Sie rieb ihre Finger aneinander, um das Gesagte zu untermalen.

Anja seufzte deprimiert. „Also muss ich wohl noch weiterexperimentieren, hm. Aber haben Sie vielen Dank, meine Damen."

„Ach Kindchen, was haben Sie denn?" Signora Stronzelli sah sie besorgt an.

Anja stellte die Teller, die sie gerade wegbringen wollte, wieder ab und hob verzweifelt die Schultern. „Ach, ich weiß nicht mehr weiter. Schauen Sie sich doch um, ich habe kaum Kundschaft." Sie wies auf die restlichen Stühle und Tischchen. Es herrschte gähnende Leere. „Fürchte, ich habe ein Riesenproblem …"

„Nicht doch, kommen Sie, setzen Sie sich zu uns!" Die Signora sprang auf, zog einen der vielen freien Stühle heran und machte eine einladende Geste.

Anja ließ sich auf die Sitzfläche sinken. „Ich habe Struffoli, Torta Caprese, Pralinen, Früchtetorte und und und", fing sie an. „Alle versichern mir, dass die Sachen lecker sind, aber es kommen immer weniger Leute. Und alle reden nur von Milenas Tiramisu. Aber ich habe das Rezept nicht. Und ohne Rezept, na ja, was soll ich nur tun?" Sie stützte ihren Kopf auf ihre Hände und ihre Ellenbogen auf die Tischplatte und seufzte schwer.

„Ach." Signora Casagrande rieb ihr liebevoll die Schulter.

„Zu Milenas Zeiten war die Pasticceria immer voll", fuhr Anja verzweifelt fort, „und es sind doch auch damals nicht alle Leute nur wegen des Tiramisus gekommen, oder?"

„Nein, das nicht, aber Milenas Zeiten waren eben andere Zeiten", erklärte Stronzelli. „Damals war diese hier die einzige Pasticceria in Crevello. Milena hatte sozusagen ein Monopol. Das war einmal, aber so ist es nicht mehr. Inzwischen gibt es eben auch die beiden anderen, die Pasticceria auf der Piazza Cardinale und die andere hinten beim Rathaus."

„Sicher, Ihre Dolci sind alle köstlich", versicherte Casagrande, „aber die anderen haben eben auch leckere Sachen, nicht wahr?" Sie warf Stronzelli einen fragenden Blick zu und diese nickte.

„Ja, und außerdem ist man eben eher beim Rathaus und auf der Piazza Cardinale unterwegs. Wer kommt denn schon hier herauf auf die Piazza Vicenza? Außer Ihre Pasticceria gibt es hier heroben nichts." Weil die Signora überlegte, entstand eine Pause. „Hm, ja, es müsste Ihnen tatsächlich gelingen, Milenas Rezept herauszufinden", sagte sie schließlich. „Dann wäre alles anders."

„Meinen Sie, ja?"

„Sicher, mein Kind, wenn Ihnen das gelingt, dann werden sie viel mehr Kundschaft haben, ganz bestimmt. Für Milenas Tiramisu … ja, dafür werden die Leute gerne das kleine Gässchen hochlaufen."

„Ich denke auch, ja. Sie schaffen das schon." Casagrande warf ihr einen motivierenden Blick zu.

Die erbaulichen Worte taten ihre Wirkung und Anja straffte sich. „Haben Sie vielen Dank, meine Damen. Ja, ich werde mein Bestes geben", versicherte sie.

„Eine tolle Einstellung, mein Kind!"

Danach verabschiedeten sich die Signoras und Anja räumte nun endgültig das Geschirr ab. War es also wirklich wahr? Hing die Zukunft ihres Ladens an einem einzigen alten Rezept? Meine Güte, warum hatte sie Milena nie danach gefragt? Sie warf einen flehenden Blick in den Himmel.

Milena, bitte schick mir doch eine Eingebung, einen Geistesblitz, bitte!

Nicht anders, als sie es erwartet hatte, wurde diese Hoffnung aber enttäuscht, also ging sie zurück in den Laden und räumte die schmutzigen Teller in den Geschirrspüler. Die nächsten Stunden verbrachte sie damit, angestrengt nachzudenken. Hatte Milena vielleicht doch einmal ein Detail verraten, wenn auch nur ein klitzekleines, das ihr aber zwischenzeitig entfallen war?

Hm, nein. Es kam keine Erinnerung zurück. Je stärker sie grübelte, desto leerer war ihr Kopf – so kam es ihr jedenfalls vor. Zeit zum Nachdenken hatte sie hingegen genug, denn auch im weiteren Tagesverlauf erschienen nur sehr wenige Kunden.

SECHSTES KAPITEL

Es war kurz vor Ladenschluss. Anja zählte die Tageseinnahmen. Enttäuscht legte sie die Scheine zurück und schob die Kassenlade zu. Vor der Eröffnung hatte sie sich ausgerechnet, wie viel Geld sie am Ende eines jeden Tages ungefähr eingenommen haben müsste, um mit dem Laden überleben zu können. Nun befand sich gerade einmal die Hälfte dieser Summe in der Kasse – und das an einem Samstag!

Gut, sie zahlte weder für die Pasticceria noch für ihre Wohnung Miete, weil ihr das Haus ja gehörte, trotzdem hatte sie Fixkosten. Auch die Zutaten waren nicht gerade billig – und die meisten der Dolci waren nicht lange haltbar. Erst vor wenigen Tagen hatte sie eine ganze Sahnetorte entsorgen müssen, weil niemand auch nur ein Stück gekauft hatte. Es tat im Herzen weh und ging ins Geld. Das Sortiment drastisch zu reduzieren, kam aber auch nicht infrage. Denjenigen Kunden, die noch kamen, musste sie eine Auswahl anbieten. Alles andere wäre ihr endgültiger Todesstoß gewesen. Es war zum Verzweifeln!

Milenas Tiramisu-Rezept war sie in den letzten Stunden aber keinen Schritt nähergekommen. Nur eine einzige Lösung war ihr eingefallen: Sie könnte die Orangen-Rezepte hernehmen, aber wenige Orangen, dafür mehr Mascarpone verwenden. Vielleicht würde das Endprodukt dann nicht so *orangig* schmecken. Dies erschien ihr aber zu simpel. Nein, Milena musste einen Trick gehabt haben. Oder eine spezielle Zutat.

Hm, gab es vielleicht irgendjemanden in Crevello, der das Rezept kannte – und wenn ja, wer? Oder hatte es die Oma mal niedergeschrieben – und wenn ja, wo? Tausend Fragezeichen hingen in ihrem Kopf, nur fehlten die Antworten.

Es war kurz vor sechs am Abend und da ohnehin keine Gäste anwesend waren, beschloss sie, ein paar Minuten früher Ladenschluss zu machen, und begab sich auf die Piazza, wo sie den Gastgarten abbaute. Während sie Tischchen und Stühle zusammenklappte und an der Hausmauer übereinanderstapelte, bemerkte sie im Augenwinkel Severin, der sich gerade im Liegestuhl vor seinem Haus bräunte.

Die Worte der beiden jungen Frauen im Autobahnklo fielen ihr wieder ein. Es war definitiv besser, wenn sie ihm keine Beachtung mehr schenken würde, denn welchen Sinn hatte es schon? Sie war ja kein Groupie-Girl. Sie wollte sich nicht blamieren.

Trotzdem unterbrach sie ihre Arbeit und betrachtete ihn einen Moment lang. Sofort überzog ein Kribbeln ihre Haut, denn, zugegeben, er sah wieder einmal göttlich heiß aus. Die Beachboys aus Baywatch konnten gegen ihn einpacken. Er trug nur eine knallrote Badehose, während er sich die Sonne auf seinen trainierten Oberkörper scheinen ließ. Seine Augen befanden sich hinter dunklen Sonnenbrillen, den Blick hatte er zum Himmel gerichtet. Weil es Hochsommer war, herrschte ja auch um diese Uhrzeit noch kräftiger Sonnenschein.

Sicher, es wäre klüger gewesen, schnell die letzten Handgriffe zu tun und dann im Haus zu verschwinden, aber es war höllisch schwer, den Blick von seinem Waschbrettbauch zu lösen. Es hätte sie nicht gewundert, wenn gleich eines dieser Mountainbike-Groupies im Bikini aus dem Haus gekommen wäre und ihm einen kühlen Drink serviert hätte. Sie presste die Lippen aufeinander, denn eigentlich wollte sie sich das nicht vorstellen.

Plötzlich fiel ihr ein, dass sie ihm noch gar nicht zu seinem großartigen Rennen gratuliert hatte. Na ja, es war nur ein Akt der Höflichkeit, dies zu tun. Immerhin hatte er ihr die Tickets geschenkt.

Schneller als gedacht wischte sie also ihren Vorsatz beiseite und ging die paar Schritte hinüber zum

Nachbarhaus. Als sie ihn erreichte, reagierte er zuerst nicht. Er lag entspannt im Stuhl. Vielleicht schlief er auch. Wegen der Sonnenbrille konnte sie seine Augen ja nicht sehen.

Sie räusperte sich.

Schließlich bewegte er sich und richtete sich auf. „Hey du!"

„Ähm, hallo. War ein tolles Rennen am Donnerstag. Vor allem die Schlussrunde. Wahnsinn. Gratuliere. Und danke noch einmal für die Tickets", sagte sie den Spruch auf, den sie sich gerade innerlich zurechtgelegt hatte.

„Hey danke." Und zack, da war es wieder: das typische Severin-Strahlen.

Ein heißer Schauer lief ihr den Rücken hinunter und ihr Pulsschlag beschleunigte sich merklich. Meine Güte, das durfte nicht sein! Sie hatte sich doch vorgenommen, sich von ihm nicht mehr verrückt machen zu lassen. Weil es eben vollkommen idiotisch war, in einen jungen Sportstar verschossen zu sein, der von achtzehnjährigen Mädchen angehimmelt wurde.

Sie war doch viel zu alt für solchen Blödsinn! Sie sollte besser wieder zurück in ihr Haus gehen, und zwar schleunigst.

Als sie dazu ansetzen wollte, sich zu verabschieden, schob er sich aber die Sonnenbrille in die Haare, guckte sie verschmitzt an und fragte: „Was läuft bei dir heute Abend noch, hm?"

„Ähm …" Sie hatte keine Ahnung, was er mit dieser Frage meinte. Was sollte bei ihr schon *laufen*? Sie musste früh zu Bett gehen, um am nächsten Morgen fit zu sein – so wie jeden Tag. „Ach nichts", sagte sie deshalb.

„Aber heute ist doch Samstagabend. Was hältst du denn davon, wenn wir heute Abend, na ja … miteinander ausgehen?"

„Ausgehen?", plapperte sie ihm nach. Ihre Stimme hörte sich komisch an. Hoch, beinahe quietschend. Ihre Mundwinkel spannten. Grinste sie etwa schon wieder wie ein Honigkuchenpferd?

Ach Gott, wie konnte es nur sein, dass Severin eine solche Wirkung auf sie hatte? Sodass sie nicht einmal mehr ihre Mimik unter Kontrolle hatte.

„Ja, ausgehen." Er lachte breit. „Warum denn auch nicht, wenn du ohnehin nichts vorhast?"

Anja war in ihrem Leben nie viel ausgegangen. Selbst nicht, als sie in Severins Alter gewesen war. Es war eben nie ihre liebste Freizeitbeschäftigung gewesen, sich eine Nacht in der Disco um die Ohren zu schlagen. Wenn schon, war sie in die Oper gegangen, früher in Deutschland. Ach ja, und in den letzten Jahren hatte es ab und zu diese Cocktailabende mit Ludwigs Bankerkollegen gegeben, die Investorenpartys.

Seitdem sie die Pasticceria führte, lebte sie noch häuslicher, denn erstens musste sie jeden Morgen in der Backstube stehen und zweitens gab es hier nicht einmal Discos. Crevello war doch nur ein etwas größeres Dorf.

„Unten bei der Piazza Cardinale, in der Gasse hinter dem Springbrunnen … dort gibt's eine kleine Weinbar", führte Severin sein Vorhaben nun genauer aus. „Wollen wir dort heute Abend ein, zwei Gläser Wein trinken, hm?"

Ehrlich gestanden klang der Vorschlag nicht übel, also überlegte sie. Na ja, vielleicht würde es ihr guttun, wenn sie sich einmal für ein paar Stunden nicht mit den Problemen, die sie wegen der Pasticceria hatte, beschäftigen musste? Natürlich wusste sie aber, dass es unvernünftig war, auszugehen, wenn sie am nächsten Morgen in der Backstube stehen musste. Allerdings, welchen Sinn machte es, stundenlang Dolci zuzubereiten, die am Ende ohnehin niemand kaufte?

„Ähm, hm", druckste sie herum. Während sie Für und Wider noch miteinander abwog, fiel ihr plötzlich auf, was Severin eigentlich gerade vorgeschlagen hatte. Ein Date? Gegen das warme Gefühl, das sich blitzschnell in ihr ausbreitete, konnte sie sich nicht wehren. Die Mädchen, deren WC-Tratsch sie belauscht hatte, würden vor Neid platzen.

„Ja, ja, lass uns in die Weinbar gehen“, sagte sie. Ihr Mund sprach quasi von selbst, als hätte irgendjemand die Kontrolle über sie übernommen, und ihr Herz trommelte.

„Cool!“ Er strahlte.

Im Anschluss verbrachte sie mehr als eine Stunde damit, ein Outfit nach dem anderen anzuprobieren. Kaum eines hielt ihrem kritischen Blick in den Spiegel stand. Am Ende musste sie sich aber entscheiden. Mit ausgefransten Jeansshorts und einem weißen Top bekleidet erschien sie schließlich zum vereinbarten Zeitpunkt auf der Piazza, wo Severin bereits auf sie wartete.

Sie spazierten zur Piazza Cardinale hinunter. Auch Severin war legere unterwegs. Er trug ein Baseballcap, dazu ein helles Polo-Shirt von Lacoste, knielange Jeans – und natürlich sein unwiderstehliches Lächeln.

Hinter dem Springbrunnen bogen sie in eine schmale Gasse ein. Während es auf der Piazza Cardinale auch moderne Bauten gab, befanden sich hier nur urige venezianische Steinhäuser. Vor einem hielt Severin an.

„Hier ist sie, die Bar, die ich gemeint habe.“

Der Eingang befand sich unter dem Straßenniveau, eine dreistufige Treppe führte hinunter. Italienische Schlagermusik drang durch die geschlossene Tür. Eine überdimensionale Weintraube aus gebeiztem Holz zierte die Hausmauer. Auf zwei Schiefertafeln waren mit Kreide zahlreiche Weinspezialitäten angeschrieben.

„Komm!“ Severin hielt ihr charmant die Tür auf, hinter der sich die Treppe fortsetzte, die in ein Gewölbe führte, das voller Leute war und in dem es kein elektrisches Licht gab. Dafür flackerten Kerzen auf allen Tischen.

Sie sah sich um. „Wow, wirklich hübsch hier. Eine tolle Atmosphäre.“

„Quasi ein Geheimtipp, hm?“ Er lachte und in seinen Augen spiegelte sich das Flackern. „Schau, an der Bar sind gerade Plätze freigeworden!“

Sie setzten sich auf die Hocker, wendeten sich einander zu und begannen eine Unterhaltung. Severin hatte ein sportliches Parfum aufgetragen, das ihr nun auffiel. Sie mochte den Duft, den er verströmte und der sich mit dem angenehmen Geruch von Kerzenwachs vermischte.

„Magst du die Musik?“, wollte er wissen. Er richtete sich seine Kappe und lächelte.

„Tja, eigentlich bin ich ja großer Opernfan, aber das hier, hm, ist auch nicht schlecht.“ Sie wippte lächelnd mit dem Kopf und summte Eros Ramazottis *Adessu tu* mit, das gerade aus den Lautsprechern kam.

Im nächsten Moment berührten sich ihre nackten Knie. Nur für einen kurzen Moment, aber lange genug, sodass ein heißer Blitz in ihre Poren schoss. Himmel, nein! Sie wollte sich doch von ihm nicht mehr verrückt machen lassen, also riss sie sich am Riemen und konzentrierte sich auf das Gespräch über Musikgeschmäcker.

Er erwähnte, dass er am liebsten House-Musik mochte. Tja, das war für sie keine Überraschung. Immerhin war sie ja bereits nächtelang von dem Wummern wachgehalten worden. Gerade war aber wirklich nicht der richtige Zeitpunkt, um dieses Thema anzuschneiden. Sie waren ja nicht hierhergekommen, um Nachbarschaftskonflikte zu lösen.

Schließlich brachte der Barkeeper ihre Bestellung: zwei Gläser Lambrusco. Sie schwenkten den Rotwein und schnupperten daran, dann stießen sie miteinander an. Erneut berührten sich ihre Knie, erneut glühten Anjas Nerven.

Den Blick, mit dem er sie nun ansah, kannte sie. Genauso hatte er seine Fan-Girls bei der Siegerehrung angeguckt. Sie nahm einen Schluck und der Wein bekam plötzlich einen fahlen Beigeschmack. Meine Güte, was machte sie hier eigentlich? Warum war sie mitgekommen? Warum saß sie mit Severin in einer schummrigen Weinbar, wenn sie sich doch eigentlich vorgenommen hatte, sich von ihm fernzuhalten?

„Du und deine beiden Kollegen, ihr habt ja sehr begeisterte Fans, viele junge Mädchen, nicht wahr?", sprach sie schließlich das Thema an.

„Stimmt, der Mountainbike-Sport hat in den letzten Jahren stark an Popularität gewonnen, gerade hier in der Region. Das find ich cool!"

„Ob es all diesen Mädchen wirklich nur um den Sport geht, hm?" Sie sah ihn forschend an.

Er machte eine wegwischende Geste und räusperte sich. „Hm, ja, es gibt Fans … ähm, oder ganze Fangruppen, die manche von uns Fahrern gewissermaßen verehren, das stimmt."

„Für die Mädchen seid ihr quasi Sexsymbole?" Sie zwinkerte.

„Also, mir wäre es lieber, wenn es allen tatsächlich nur um die sportlichen Leistungen ginge, aber gerade diese hartnäckigen Fans sind total wichtig für uns. Es ist eben so, dass diese Mädchen zu jedem Rennen kommen und sich jede Übertragung im Fernsehen anschauen. Nur ausverkaufte Events und hohe Einschaltquoten machen unseren Sport für Sponsoren interessant. Und ohne Sponsoren wäre es gar nicht möglich, das Mountainbiken professionell zu betreiben, verstehst du?"

Sie nickte, denn die Erklärung war ja tatsächlich einleuchtend. „Aber bestimmt genießt man es auch, von so vielen jungen Frauen verehrt zu werden, hm?", hakte sie nach.

„Wie gesagt, ich bräuchte es nicht", erwiderte er. „Meine Kollegas sind da etwas anders …"

„Soso?"

„Ja, Simone etwa. Er liebt es. Er hat zehntausende Follower auf Instagram, na ja, besser gesagt Followerinnen. Und nicht nur das." Nun grinste er schelmisch, gleich darauf wurde sein Gesichtsausdruck aber wieder ernst und er fuhr fort: „Mir geht's um den Sport und um nichts anderes. Es gibt mir nichts, von jungen Mädchen verehrt zu werden, denn ich interessiere mich viel mehr für …"

Er machte eine bedeutungsvolle Pause und schaute ihr währenddessen intensiv in die Augen. „… für schöne Frauen“, sagte er schließlich.

Es zischte heiß, denn abermals hatten sich ihre Knie berührt. Und diesmal war es bestimmt kein Zufall, denn im nächsten Moment lag seine Hand auf ihrem Oberschenkel. Er streichelte ihr Knie und es kam ihr vor, als würde gerade eine ganze Armee an Ameisen losmarschieren, so sehr kribbelte es auf ihrer Haut.

Stimmte das, was er gerade gesagt hatte? Oder hatte er ihr bloß nach dem Mund geredet, weil er auch mal eine Frau ins Bett kriegen wollte, die keine achtzehn mehr war? Eine wirre Idee ging ihr durch den Kopf. Was, wenn er mit seinen Jungs eine blöde Wette abgeschlossen hatte, in der es darum ging, sie … hm, nein. Auf einmal waren alle diese Gedanken wie weggeblasen.

Denn Severin hatte seine Lippen auf ihre gelegt. Er hatte sich zu ihr gebeugt. Nun drehte er seine Kappe nach hinten, damit der Schirm beim Küssen nicht im Weg war.

SIEBENTES KAPITEL

Weil der Abend mit Severin länger geworden war, gönnte sich Anja am nächsten Morgen tatsächlich zwei Stunden mehr Schlaf. Vieles war daher noch nicht fertig, als es zehn Uhr wurde und sie den Laden öffnen musste. Zum Beispiel die Torta Caprese – sie befand sich noch im Ofen.

Ausgerechnet jetzt kam eine fünfköpfige Gruppe, die ausnahmsweise nicht nach Milenas Original-Tiramisu verlangte, sondern – welch Wunder – nach Torta Caprese. Sie musste die Leute wieder wegschicken. Als die Gruppe den Laden verließ, hörte sie noch, wie eine der Damen ihren Freundinnen vorschlug, die Pasticceria auf der Piazza Cardinale aufzusuchen, denn dort gäbe es eine ausgezeichnete Torta Caprese. Anja hätte sich in den Hintern beißen können.

In den darauffolgenden Stunden verlief das Geschäft noch schlechter als in den Tagen davor. Bis zum frühen Nachmittag zählte sie ganze vier Kunden. Zwei davon waren Männer, die lediglich eine Tasse Espresso tranken. So bitter es auch war, langsam musste sie der Wahrheit ins Auge sehen: Das Projekt Pasticceria drohte zu scheitern.

Hektisch lief sie nun im Laden auf und ab und alle paar Sekunden guckte sie aus dem Fenster, ob nicht vielleicht doch Kunden im Anmarsch waren. Die einzige Person, die sie erblickte, war aber Leo, die gerade über die Piazza humpelte.

„Ciao“, begrüßte sie ihre Freundin, als diese den Laden betrat.

„Mamma mia! Was ist den los, Liebste?“ Leo hatte sofort am Tonfall erkannt, dass mit Anja etwas nicht stimmte. Sie ließ sich aufs Sofa sinken.

Da ohnehin nichts los war, setzte sich Anja dazu. Sie beschloss, reinen Tisch zu machen. Sie musste Leo erzählen, was ihr auf dem Herzen lag. Dafür waren beste Freundinnen doch da.

„Ich habe etwas Unvernünftiges getan", begann sie.

Leo hob fragend die Augenbrauen.

„Severin und ich, wir haben uns geküsst."

Leo jauchzte auf. „Unvernünftig? Das ist doch nicht unvernünftig, das ist schön!" In ihr Gesicht legte sich ein seliger Blick, wie man ihn vor allem bei Frauen sieht, wenn sie sich gerade einen romantischen Film anschauen. „Du und Severin, ich hab's doch gewusst!" Sie seufzte freudig.

„Nein, Severin und ich, das macht keinen Sinn", widersprach Anja. „Ich fürchte, ich verstricke mich gerade in eine Sache, die mich am Ende nur unglücklich macht." Wie froh sie war, dass zwischen ihnen letzte Nacht nicht mehr passiert war als ein Kuss. Gut, es war mehr als nur einer gewesen. Sie hatten sich immer wieder geküsst. Zuerst in der Bar, dann auf dem Heimweg und schließlich noch einmal, als sie bereits heroben auf der Piazza Vicenza gewesen waren. Dann war sie aber in ihr Haus gegangen und er in seines. Zum Glück! Severin hatte sie zu nichts gedrängt, sondern ihr rau ins Ohr geflüstert, wie sehr er sich darüber freuen würde, wenn sie bald wieder einen solchen Abend miteinander verbringen würden.

„Fang jetzt aber bitte nicht wieder mit der Leier an, dass er zu jung für dich wäre!" Leo rollte mit den Augen. „Meine Güte, es sind doch nur ein paar Jährchen. Schau dir Madonna an! Ihr Tänzer, mit dem sie zusammen ist, der ist doch mehr als zwanzig Jahre jünger, oder? Und dieser … na, wie heißt er noch mal? Der französische Präsident?" Mit den Händen fuchtelnd suchte sie nach dem Namen.

„Emmanuel Macron", half Anja weiter. „Ja, ich weiß, es gibt Paare mit Altersunterschied, aber das ist ja nicht das einzige Problem."

„Sondern?"

„Wahrscheinlich werde ich gar nicht in Crevello bleiben. Ich überlege, die Pasticceria doch zu verkaufen."

Leo stieß einen spitzen Schrei aus. „Wie bitte?"

„Na, schau dich um. Ich habe keine Gäste." Sie machte eine weit ausholende Geste, die den ganzen Raum einschloss.

„Liebste, nein …"

Anschließend berichtete Anja ihrer Freundin ausführlich, wie schlecht sich ihr Geschäft seit der Eröffnung entwickelt hatte, und sie erzählte von ihren erfolglosen Versuchen, Oma Milenas Tiramisu-Rezept nachzuahmen.

„Du musst Werbung für deinen Laden machen! Wir könnten Plakate drucken und überall in Crevello aufhängen. Mach dir um die Genehmigung keine Sorgen. Du weißt ja, ich arbeite im Bürgermeisteramt", erklärte Leo zwinkernd und grinste.

Aber Anja war nicht zum Lachen zumute. „Das Problem ist nicht, dass die Leute den Laden nicht kennen würden. Am Eröffnungstag war halb Crevello hier, aber offenbar haben sich alle erwartet, dass ich ihnen Oma Milenas Tiramisu serviere. Aber ich kenne eben das Rezept nicht." Sie schluckte und zuckte hoffnungslos mit den Schultern. „Das verdammte Rezept …" Plötzlich liefen ihr Tränen über die Wangen, ihre Lippen begannen zu beben und sie schluchzte.

„Nicht doch, Liebste …" Leo nahm sie besorgt in den Arm.

Anja schniefte und brauchte ein paar Momente, um sich zu sammeln. Schließlich wischte sie sich mit dem Handrücken die Tränen aus dem Gesicht und fuhr fort: „Wahrscheinlich hat Ludwig rechtgehabt, als er gesagt hat, ich soll den Laden lieber verkaufen. So wär ich mit einem Gewinn ausgestiegen. Stattdessen verpulvere ich hier Tag für Tag mein Erspartes. Das macht doch keinen Sinn."

Leo überlegte, aber ihr Blick sagte, dass auch ihr keine wirkliche Lösung für das Problem einfiel. „Ist das dein Ernst, du willst zurück nach Deutschland?“, fragte sie schließlich leise.

Anja nickte schwach. „Noch habe ich genügend Reserven, um einigermaßen heil aus der Sache wieder rauszukommen, finanziell gesehen. Ludwig hat damals ja sogar schon einen Makler ausfindig gemacht. Den kann ich nun immer noch engagieren.“

„Ludwig, Ludwig“, stieß Leo verächtlich aus und warf die Arme in die Luft. „Warum redest du heute andauernd von Ludwig?“

Nun war es Zeit für das nächste Geständnis. „Na ja, ich hab vor ein paar Tagen mit ihm geschrieben“, antwortete sie.

„Geschrieben?“

Anja erzählte von den Handymessages und von der Tatsache, dass Ludwig beabsichtigte, sie in Crevello zu besuchen. „Er will kommen, um zu reden. Er will sich ändern. Hab ihm geschrieben, dass ich es mir überlegen werde, mehr nicht. Hab mich seither nicht mehr bei ihm gemeldet.“

Leo schlug einen strengen Tonfall an. „Du solltest dich bei ihm auch nicht melden, meine Liebe. Ludwig ist fast vierzig, Männer in diesem Alter ändern sich nicht mehr!“

„Und was, wenn doch?“

„Nein, nein, nein, Ludwig hat diese Chance nicht verdient.“ Leos Arme wirbelten durch die Luft. Eine gute halbe Stunde lang redete sie auf Anja ein. Leider kam aber auch in dieser Zeit kein einziger Kunde.

Als Anja am Abend den Laden zusperrte, zählte sie die Tageseinnahmen gar nicht, denn sie wusste auch so, dass sich viel zu wenig Geld in der Kassenlade befand. Bedrückt ging sie später ins Bett. Sie wälzte sich noch lange von einer Seite auf die andere, bevor sie einschlief.

Plötzlich tauchten die Signoras Stronzelli und Casagrande auf. Anstatt ihrer sympathischen Gesichter hatten die beiden alten Damen hässliche Fratzen. Casagrande lachte hämisch, während Stronzelli Anja einen Teller Orangen-Tiramisu ins Gesicht klatschte.

„Da sind viel zu viele Orangen drin, mein Kind“, schrien sie.

Im nächsten Moment bekam Anja noch ein Tiramisu ins Gesicht, dann noch eines. Schließlich gesellten sich die Mädchen aus dem Autobahn-WC hinzu und stimmten in das Gelächter der Signoras ein.

„Du alte Oma glaubst doch nicht wirklich, einer wie Severin Ronzano würde sich für dich interessieren, haha!“ Sie zerkugelten sich vor Lachen. Eine sprang auf und schwang ihre Hüften. „Ron-za-no, Ron-za-no!“, sang sie.

Anja rannte los. So schnell, wie sie nur konnte. Sie schnappte panisch nach Luft. Plötzlich stolperte sie und fiel in einen riesigen Topf voller Tiramisu, in dem sie wild zappelnd versank.

Schweißnass schreckte sie hoch. Meine Güte, ein Albtraum! Sie verließ das Bett und begab sich in die Küche, wo sie ein Glas Wasser hinunterstürzte. Danach fühlte sich ihr Mund aber immer noch pampig an. Vielleicht lag es an dem Albtraum, oder auch an der vielen Torta Caprese, die sie am Nachmittag mit Leo genascht hatte.

Sie lehnte sich an den Küchentresen und wischte sich über die Stirn. Nur langsam beruhigte sich ihr Puls. In Italien zu leben, war immer ihr Traum gewesen. *La dolce vita,* sie hatte sich alles so schön vorgestellt. Nun war sie aber erst wenige Wochen hier und schon hatte sie sich in eine Situation manövriert, die sie bis in ihre Träume verfolgte. Himmel, wie konnte das nur passieren? Sie musste sich zusammenreißen, damit ihr nicht schon wieder die Tränen kamen.

Anstatt zu weinen, gab sie sich aber einen inneren Ruck und fasste einen Plan. Sie holte Papier und Stift und schrieb sich ein paar Punkte auf.

Es entstand eine Art Checkliste mit Dingen, die sie in den nächsten Tagen zu erledigen hatte und die ihr dabei helfen sollten, aus ihrer misslichen Lage wieder rauszukommen. Ja, vielleicht war diese Liste eine erste Vorbereitung auf ihre Rückkehr nach Deutschland.

Den ersten Punkt auf der Liste erledigte sie sofort. Sie holte ihr Handy und schrieb Ludwig eine Nachricht.

„Nun hab ich's mir überlegt. Ja, ich würde mich freuen, wenn du kommst!"

ACHTES KAPITEL

Schon seit dem frühen Morgen war Anja hibbelig. In der Backstube hatte sie sich zuerst beim Frittieren der Struffoli mit heißem Öl bespritzt und dann auch noch bei der Masse für die Zitronencremetorte Zucker mit Zimt verwechselt. Natürlich war es ihr wegen Farbe und Geruch sofort aufgefallen, aber da war es schon zu spät gewesen. So hatte sie nun nicht nur eine Brandblase auf dem Unterarm, sondern auch eine höchst spezielle Kreation im Angebot, die sie trotzdem in die Vitrine gestellt hatte. Tja, mittlerweile spielte es auch keine Rolle mehr, ob sie Kunden verärgerte.

Vielleicht schmeckte ihre Zimtbombe den Leuten ja sogar so gut, dass sie den Kundenansturm auslösen würde, den sie so dringend benötigte. In ein paar Wochen würde dann niemand mehr von Milenas Tiramisu reden, dafür alle von Anjas Zimt-Zitronen-Torte. Sie lächelte traurig, denn sie wusste, dass die Realität leider anders aussah.

Bis auf Signora Stronzelli und ein paar Männer aus der Nachbarschaft, die nur zum Espressotrinken kamen, hatte sie so gut wie überhaupt keine Gäste mehr. In ein paar Wochen würde es die Pasticceria nicht mehr geben, daran führte anscheinend kein Weg vorbei. Sie sah sich schon die Umzugskartons packen. Ganz offensichtlich wollte es das Schicksal so.

Jetzt zerschellte auch noch eine Espressotasse auf dem Pflaster der Piazza Vicenza, weil sie beim Abservieren das Tablett schiefgehalten hatte. Himmelherrgott! Seufzend lief sie in die Abstellkammer und holte Besen und Schaufel. All ihre Missgeschicke an diesem Tag hatten denselben Grund: Ludwig wollte am Abend kommen und sie war deshalb aufgeregt.

Seit ihrer nächtlichen Nachricht waren nun zwei Tage vergangen. Gleich am Morgen danach hatte er ihr geantwortet und bereits wenige Stunden später einen Flug gebucht. Und ein Hotelzimmer. Sie hatten nämlich danach noch ein paar Messages gewechselt und vereinbart, dass er vorerst nicht bei ihr wohnen würde. Sie waren ja kein Paar. Momentan. Aber das könnte sich bald wieder ändern. Er bemühte sich ja wirklich. Trotzdem, die Vorstellung, wieder mit Ludwig zusammen zu sein, fühlte sich komisch an. Eilig wischte sie dieses Gefühl weg.

Alleine die Tatsache, dass er für sie die lange Reise nach Italien auf sich nahm, zeigte doch, wie ernst er es meinte und dass er sich ändern wollte, oder etwa nicht? So etwas Romantisches hatte er während ihrer Beziehung nie für sie getan.

Sein Hotel befand sich in Verona. Er hatte sich für eine Junior Suite in einem Luxustempel im Zentrum der Stadt entschieden. In Crevello gab es keine richtigen Hotels. Nur zwei Pensionen, die aber seinen Ansprüchen nicht genügten. Nach seiner Ankunft wollte er mit dem Mietauto nach Crevello kommen. Wenn mit dem Zeitplan alles klappte, würde er knapp nach Ladenschluss hier sein. Danach wollten sie etwas essen gehen und über ihre Beziehung sprechen und schauen, was noch zu retten war.

Sie widmete sich wieder der kaputten Espressotasse, schob die Scherben auf die Schaufel und erhob sich.

„Hey du", sagte plötzlich eine vertraute Stimme von hinten.

Sie erschrak. Severin stand vor ihr und sah sie mit seinen dunklen Augen an.

„Bin anscheinend nicht der Einzige, der es versteht, Scherben zu produzieren, hm?" Er grinste schief.

„Ähm, hallo", erwiderte sie.

Sie hatte ihn seit Samstagnacht nicht mehr gesehen. Seit den Küssen war er wie vom Erdboden verschluckt gewesen – Simone und Marco übrigens auch. Und es war ihr ganz recht gewesen, denn so hatte sie sich mit ihm nicht auseinandersetzen müssen. Das Haus der Jungs war tagelang verwaist gewesen.

Offenbar bemerkte er ihren verwunderten Blick. „Wir waren für ein paar Tage in der Emilia-Romagna", erklärte er. „Für ein Rennen. Bin diesmal sogar Zweiter geworden." Ein stolzer Ausdruck legte sich in sein Gesicht.

„Toll. Gratuliere." Ansonsten brachte sie kein weiteres Wort heraus, sondern wischte sich hektisch durch die Locken. Sie wusste nicht, wie sie sich verhalten sollte. Gleichzeitig war sie damit beschäftigt, ihrem Herz zu befehlen, in normalem Takt weiterzuschlagen.

„Bin gekommen, weil ich dich fragen wollte, ob du, ähm … magst du wieder in die Weinbar? Vielleicht heute Abend, hm?"

Sie befanden sich direkt neben dem Gast, dessen Espressotasse sie gerade zertrümmert hatte. Der Mann hatte bereits bezahlt, saß aber immer noch da und rauchte eine Zigarette. Ja, sie hatte Severin etwas zu sagen, das sah ein weiterer Punkt auf der Checkliste vor, aber das wollte sie nicht vor dem Kunden tun.

„Komm, lass uns reingehen", schlug sie daher vor.

„Okay." Er folgte ihr in den Laden, wo sie die Scherben im Mülleimer entsorgte. Nachdem sie sich wieder aufgerichtet hatte, sah Severin sie erwartungsvoll an. Seine Augen funkelten.

„Severin", fing sie an. Sie biss sich verlegen auf die Lippe und währenddessen jagte ein schmerzhafter Stich durch ihren Körper, aber es half nichts – da musste sie jetzt durch. Sie sagte es geradeheraus: „Es tut mir leid, aber ich denke, es ist besser, wenn es solche Abende zwischen uns nicht mehr gibt."

Sein Lächeln gefror. Dann war es so, als hätte jemand einen Schalter ausgeknipst. Mit einem Schlag verschwand es aus seinem Gesicht. „Oh", sagte er. „O-okay. Ähm, wieso denn das?"

Schnell schluckte sie ihre Antwort runter, denn sie wollte keinesfalls eine abgedroschene Floskel wie *Es liegt nicht an dir, sondern an mir* zum Besten geben. Sie sahen sich in die Augen und währenddessen fühlte sie sich, als würde jemand ihr Herz mit feinen Nadeln traktieren. Schließlich räusperte sie sich. „Es ist besser so“, fügte sie leise hinzu.

Die Enttäuschung stand ihm ins Gesicht geschrieben. „Sorry, falls ich irgendetwas falsch …“

„Nein, hast du nicht“, fiel sie ihm ins Wort und legte ihre Hand sachte auf seine Schulter. „Nein, Severin, es war ein wahnsinnig schöner Abend, ja. Aber es gibt so viele Gründe, die dagegensprechen. Leider. Es tut mir leid. Versteh doch, es ist besser so, ja?“ Wieder Stiche. Überall in ihren Eingeweiden. Nun fühlten sich die Nadeln noch dazu brennend heiß an.

Nachdenklich sah er sie an. Möglicherweise überlegte er, ob er noch etwas erwidern sollte, entschied sich am Ende aber offenbar dagegen. „Hm, okay“, waren seine letzten Worte, bevor er die Pasticceria verließ.

Durchs Fenster beobachtete sie, wie er über die Piazza schlenderte und dabei wahnsinnig enttäuscht aussah. Es ist besser so, redete sie sich immer wieder ein. Es ist besser so, es ist besser so. Trotzdem wurden die Nadelstiche immer schlimmer.

Autos durften auf der Piazza Vicenza nicht fahren. Als Betreiberin der Pasticceria hatte Anja eine Sondergenehmigung, von der sie aber erst einmal Gebrauch gemacht hatte, nämlich an jenem Tag, an dem die Sofas für den Laden und die neuen Geräte für die Backstube angeliefert worden waren.

Auch die Jungs hatten offenbar eine. Später an diesem Tag fuhr nämlich Simone mit einem Alfa Romeo vor. Der Wagen war voller Werbeaufdrucke. *Racing Team Venezia* prangte in großen leuchtend blauen Lettern auf der schwarzen Karosserie und auf den Dachträgern befanden sich die drei Mountainbikes.

Marco kam aus dem Haus und half Simone, die Fahrräder abzuladen. Eine Unmenge an Sporttaschen wurde aus dem Kofferraum geholt und ins Haus getragen. Anja beobachtete das Geschehen durchs Fenster. Als aber Severin dazukam, huschte sie schnell in die Backstube. Dort fühlte sie sich sicher, da deren Fenster nicht auf die Piazza zeigten, sondern zu den Mülltonnen in den Hinterhof. Sie wollte nicht, dass Severin sie entdeckte.

In den nächsten Stunden war die Piazza wieder frei von Autos. Trotz des bekannten Verhältnisses der Italiener zur Straßenverkehrsordnung hielt sich erstaunlicherweise jeder an das Verbot. Na ja, fast jeder, denn am Abend fuhr erneut ein Wagen vor. Eine nobel aussehende schwarze Karosse mit einem Kennzeichen aus Verona. Die Warnblinkanlage wurde eingeschaltet und Ludwig stieg aus.

Anja eilte hinaus auf die Piazza.

„Maus!“, rief er. Mit ausgestreckten Armen kam er ihr entgegen. Er trug seine übliche Businesskleidung: eine schwarze Anzughose und ein weißes Seidenhemd. Beides saß perfekt. Keine Frage, Ludwig sah gut aus, daran hatte sich nichts geändert. Seine blonden Haare waren streng gescheitelt, der Bart akkurat gestutzt und die schwarze Rahmenbrille komplettierte sein smartes Aussehen.

„Hab dich vermisst“, raunte er in ihr Ohr, als sie sich umarmten.

„Hallo Ludwig“, sagte sie, nachdem sie sich wieder voneinander gelöst hatten. Sie sah ihn an und zog die Mundwinkel hoch. Hm, komisch, bei jedem Treffen mit Severin hatte sie automatisch wie ein Honigkuchenpferd gegrinst, nun musste sie sich um ein Lächeln bemühen. Na ja, vielleicht lag es daran, dass sie gerade noch in Gedanken gewesen war. Sie gab sich einen innerlichen Ruck und fasste sich.

„Schön, dass du hier bist, komm doch rein.“

Er folgte ihr in die Pasticceria und sie zeigte stolz ihr kleines Reich her, solange es noch existierte. „Erinnerst du dich?“, fragte sie und wies auf eines der Wandbilder, das die

Piazza Cardinale zeigte. „Diese Fotografie hing früher in meiner Wohnung, hinter dem Fernseher.“ Schließlich schwenkte sie ihren Arm über die Vitrine. „Und dies sind meine Spezialitäten: Struffoli, Torta Caprese, Zitronencremetorte.“

Den hohen Zimtanteil der letztgenannten verschwieg sie genauso wie die finanzielle Schieflage, in der sie sich befand. Über dieses Problem hatte sie mit Ludwig noch nicht gesprochen, auch über das fehlende Tiramisu-Rezept nicht.

Für die Süßspeisen interessierte er sich aber ohnehin nicht. Stattdessen betrachtete er die Wand und trat einmal fest dagegen. Etwas Putz rieselte auf den Boden, den er mit dem Fuß achtlos in eine Ecke schob. Schließlich begab er sich in den Türrahmen und nahm mit den Händen von der Dicke der Mauer Maß. Ähm, prüfte er gerade die Bausubstanz des Gebäudes? Verdutzt beobachtete sie ihn. Dann verließ er den Laden und sah sich das Gebäude von außen an. Er winkte sie herbei.

Als sie ihn erreichte, legte er seinen Arm auf ihre Schulter und zog sie fest an sich heran. Er grinste wie ein Haifisch. „Okay, dein Häuschen dürfte einiges abwerfen, wenn wir einen gefinkelten Makler finden. Gut, dass du endlich zur Vernunft gekommen bist, Maus.“

Hm, seltsam. Sie hatte ja mit noch keiner Silbe erwähnt, dass sie tatsächlich vorhatte, die Pasticceria aufzugeben, sondern sich lediglich dazu bereiterklärt, ein Gespräch über die Vergangenheit zu führen, mehr nicht.

„Ist ein ruhiges Plätzchen hier heroben“, fuhr er fort. Mit verschränkten Armen ging er ein paar Schritte über das Kopfsteinpflaster. „Schön, schön.“

Tja, leider, dachte sie. Dass sich kaum Laufkundschaft auf die Piazza Vicenza verirrte war ja das Problem. Ein belebterer Platz wäre ihr tausendmal lieber gewesen.

„Ein bisschen Investment … und schon hat man zwei, drei Luxusappartements in dem Haus. Zack, zack, zack“, erklärte er und schnippte mit den Fingern.

Auf einmal überzog ein kaltes Kribbeln ihre Haut. Am liebsten wäre sie hinter Ludwigs Rücken gehuscht und hätte sich versteckt. Severin war nämlich in den Vorgarten gekommen. Mit einer Bierdose in der Hand steuerte er den Liegestuhl an und sein Blick traf sie.

Fest presste sie die Lippen aneinander. Ludwigs Arm lag immer noch auf ihrer Schulter. Regungslos stand sie da, bis Ludwig sie besitzergreifend an sich heranzog und ihr einen Kuss auf die Stirn drückte.

Die Blicke der Männer trafen sich. Severin runzelte die Stirn und zum Glück beendete er die Situation, indem er rasch zurück ins Haus ging. Sein abendliches Sonnenbad war jetzt anscheinend gestrichen und sie fühlte sich schlecht. So, als hätte sie etwas falsch gemacht.

Ludwig ergriff wieder das Wort: „Maus, zieh dir was Schickes an! Wir gehen fein essen."

Anja war mit Jeans, Bluse und Kellnerschürze bekleidet. Eigentlich hatte sie vorgehabt, lediglich die Schürze abzunehmen und in diesem Outfit mitzukommen. Die Lokalauswahl hatte sie aber Ludwig überlassen – und ja, eigentlich hätte sie es besser wissen müssen.

Ludwig liebte Luxus. Bestimmt hatte er sich ein sehr gehobenes Restaurant ausgesucht. Sie aß hingegen lieber in gemütlichem Ambiente, das wusste er. Beim Thema Lokalauswahl waren sie sich früher selten einig gewesen, x-mal hatte es deshalb Diskussionen gegeben. Nicht ohne Hintergedanken hatte sie ihm die Auswahl überlassen. Vielleicht würde er die Gelegenheit ergreifen und zeigen, dass er sich geändert hatte, indem er diesmal auf ihre Wünsche einging und eine urige Osteria aussuchte – das hatte sie jedenfalls gehofft, aber anscheinend vergeblich.

Also eilte sie eben hinauf und zwängte sich in ihr kleines Schwarzes. Dafür, dass es aus kaum Stoff bestand, war das Kleid extrem teuer gewesen. Sie hatte es sich extra für Ludwigs Businessabende angeschafft. Als sie nach Italien übersiedelt war, hatte sie es zwar mitgenommen, aber noch kein einziges Mal getragen, seitdem sie in Crevello lebte.

Als sie das blinkende Auto wieder erreichte, lehnte er mit verschränkten Armen an der Fahrertür und musterte sie. Er nickte zufrieden. „Wow, schicke Maus“, raunte er ihr zu.

Schließlich fuhren sie nach Verona, wo Ludwig den Wagen in ein Parkhaus steuerte. Zu Fuß spazierten sie durch das mittelalterliche Stadtzentrum. Vorbei ging es an Bürgerhäusern, Palästen und Türmen. Alles war prächtig. Überall sah man verspielte Torbögen, kunstvoll gestaltete Fassaden und liebevoll arrangierten Blumenschmuck. Sie überquerten die Piazza delle Erbe, passierten die alte Marmorsäule mit dem geflügelten Markuslöwen und bogen beim mittelalterlichen Uhrturm in eine Gasse ein, die sie schließlich zu dem Restaurant führte.

Es befand sich in der zweiten Etage eines alten Palazzo, der moderne, gläserne Zubauten besaß. Mit einem Panoramaaufzug ging es hoch und der Kellner wies ihnen einen Tisch direkt an der riesigen Fensterfront zu. Von hier aus konnten sie das geschäftige Treiben in der Gasse gut beobachten. Menschenmassen schoben sich an den Läden vorbei. Dass so viele Leute unterwegs waren, lag wohl daran, dass in Verona gerade Opernsaison war.

Zwischen den Tischen liefen gestriegelte Kellner herum. Jeder von ihnen wirkte so, als hätte er einen Besenstiel verschluckt. Anja betrachtete das aufwendige Gedeck mit der kunstvoll gefalteten Stoffserviette. Unruhig wischte sie sich eine Strähne aus der Stirn, als sie sich Ludwig zuwendete. In einer solchen Umgebung fühlte sie sich nicht wohl. Immer hatte sie die Sorge, dass jemand schief gucken könnte, nur weil sie zu einem falschen Besteckstück griff oder sonst irgendeinen Fehler machte.

Dann brachte der Kellner die Vorspeise. Es gab ein paar Milliliter eines grünlichen, aufgeschäumten Süppchens, das in elegant geschwungenen

Porzellanschalen serviert wurde und extrem salzig schmeckte.

„Nun, wir sind ja hier, um über die Vergangenheit zu reden“, fing sie an. „Ludwig, was mich immer so sehr gestört hat, und das habe ich dir ja auch mehr als nur einmal gesagt, tja, ich hatte immer den Eindruck, dass du dich nicht wirklich für mich …“

„Maus!“, unterbrach er sie. „Ich hab dich so sehr vermisst. Komm zurück, bitte.“

Sie ließ den Löffel sinken und versuchte es noch einmal. „Alles hat sich immer nur um dich und deine Angelegenheiten gedreht: deinen Job, die Bitcoins, die Businessabende.“

„Weißt du, wie schrecklich es war, auf den Cocktailabenden in den letzten Wochen!“ Sein Blick verfinsterte sich und seine Stimme nahm einen vorwurfsvollen Ton an. „Ein paar Mal bin ich alleine hin, dann aber gar nicht mehr. Kam mir doof vor, ohne Partnerin. Diese Abende sind aber immens wichtig für mich. Du weißt, bei diesen Events geht es um Networking.“

Nein, so hatte sie sich das Gespräch mit Ludwig nicht vorgestellt. Sie seufzte. „Du hast mir geschrieben, du hättest nachgedacht. Worüber hast du denn nachgedacht?“, fragte sie schließlich.

„Darüber, wie schön alles sein könnte“, erwiderte er energisch. „Maus, komm zurück, du müsstest ja nicht einmal arbeiten. Der Verkauf des Hauses würde dir genug einbringen, sodass du eine Weile lang versorgt wärst. Außerdem kann ja auch ich für dich sorgen. Sagt doch niemand, dass du wieder zu dieser Frau Wolfhausen ins Büro musst. Du könntest jeden Tag ausschlafen. Na, wäre das nicht schön?“ Jetzt zeigte er wieder sein Haifisch-Grinsen.

„Wolfrath, sie heißt Wolfrath“, besserte Anja aus. Nicht einmal den Namen ihrer Kollegin wusste er noch.

„Außerdem, wie kommst du darauf, dass ich es schön fände, nicht zu arbeiten. Ich arbeite gerne."

„Das kann doch nicht dein Ernst sein! Willst du etwa bis an dein Lebensende Süßigkeiten verkaufen? Anja, bitte!"

Sie schwieg, denn in Wirklichkeit fand sie nichts schöner als die Vorstellung, es Oma Milena gleichzutun und bis zu ihrer Rente die Pasticceria zu betreiben.

„… in diesem gottverlassenen Dorf", fügte er verächtlich hinzu.

Ein dicker Knäul an Emotionen bildete sich in ihrem Hals, den sie hinunterwürgte. Crevello war nicht gottverlassen. Im Gegenteil, es war ein wunderschönes Dorf. Es war ihr großer Traum, hier zu leben. Ein Traum, den sie in den letzten Tagen schon quasi aufgegeben hatte. Plötzlich schämte sie sich dafür.

Als nächstes wurde der Hauptgang serviert. Vielleicht war der pouchierte Lammrücken auf Rosmarinbeet in Wirklichkeit köstlich. Sie hatte aber einen bitteren Geschmack im Mund, von Bissen zu Bissen wurde es schlimmer. Sie musste sich zwingen, das bestimmt sündteure Gericht runterzukriegen.

Ludwig fuhr fort: „Maus, jetzt hast du ein paar Wochen deinen Kleine-Mädchen-Traum gelebt, nun ist aber auch wieder Schluss damit. Am besten du kommst gleich morgen mit mir mit. Den Hausverkauf können wir ja auch von Deutschland aus regeln. Ich buch gleich ein Ticket, ja?" Er legte das Besteck weg und griff zu seinem Handy.

„Nein, Ludwig, lass gut sein." Sie machte eine abwehrende Geste. Mit jedem Wort, das er gerade gesagt hatte, war ihr Wunsch größer geworden, um die Pasticceria zu kämpfen. Und sie musste der Wahrheit ins Auge sehen: Ludwig hatte sich kein bisschen geändert.

Im Gegenteil, ihre Wünsche waren ihm nach wie vor egal. Warum er überhaupt wieder mit ihr Kontakt aufgenommen hatte, darüber konnte sie nur spekulieren.

Hatte er in der Zwischenzeit eine andere gehabt, die nun ebenfalls genug von seinem Egoismus hatte? Versuchte er es nur deshalb wieder bei ihr, weil er eine Begleitung für seine Businessabende brauchte? Sie schluckte und ihre Kehle fühlte sich trocken an. Ehrlich gestanden wollte sie es gar nicht so genau wissen.

Als würde sich das Schicksal einen Scherz mit ihr erlauben, gab es als Nachtisch Tiramisu. Es schmeckte nicht besonders aufregend. Sie löffelte und nickte, während Ludwig einen Monolog hielt. In der Zwischenzeit hatte sie es aufgegeben, Beziehungsproblematiken anzusprechen, denn es machte einfach keinen Sinn.

So wurde sie nun eben detailreich über die aktuellen Entwicklungen auf dem Bitcoin-Markt in Kenntnis gesetzt. Er sprach über die neue *Blockchain*-Technologie. Alles Dinge, über die sie früher immer gut informiert gewesen war, weil auf den Businessabenden alle darüber gesprochen hatten. Seitdem sie nicht mehr zusammen waren, befasste sie sich aber nicht mehr mit diesen Themen, weil sie sich schlichtweg nicht dafür interessierte.

Als es nach dem Essen ans Zahlen ging, gab es noch eine Diskussion, weil Ludwig die Rechnung alleine begleichen wollte, Anja aber darauf bestand, ihren Teil selbst zu übernehmen. Am Ende tat sie dies auch. Nachdem der Kellner das Restgeld gebracht hatte, klatschte Ludwig in die Hände.

„Und nun, zu dir oder zu mir?“ Er beugte sich über den Tisch und sah sie auffordernd an. „Mein Hotel ist gleich um die Ecke.“

War das zu fassen? Wie konnte es sein, dass ein Mensch so wenig Gespür hatte? Sie stieß verzweifelt Luft aus. Dass das Gespräch völlig anders verlaufen war, als sie es sich erwartet hatten, war ihm anscheinend nicht einmal aufgefallen. Warum war sie mit diesem Mann so lange zusammen gewesen? Darüber konnte sie innerlich nur mehr den Kopf schütteln.

„Außerdem ist es im Hotel ja viel schöner als in deinem muffigen Haus“, fügte er hinzu.

Aha, nun war ihr Haus, in dem er vor wenigen Stunden noch gedanklich Luxusappartements eingerichtet hatte, also plötzlich muffig. Sie straffte sich. „Ich möchte nach Hause“, erklärte sie entschlossen.

Ludwig verdrehte die Augen. „Na gut, wenn du meinst. Dann fahren wir eben zu dir.“

„Nein, du hast mich nicht richtig verstanden. *Ich* möchte nach Hause und du wirst in deinem Hotelzimmer übernachten.“

Er wich zurück. „Aber Maus?“

„Entweder du bringst mich nach Crevello oder ich nehme eben ein Taxi.“

„Ähm, aber …“

„Ludwig, ich will es so!“

Taxi musste sie keines nehmen, denn Ludwig brachte sie nach Hause. Während der Autofahrt sprachen sie aber kaum ein Wort miteinander.

NEUNTES KAPITEL

„Ja, okay, du hast rechtgehabt", gab Anja zu.

„Mamma mia!", stieß Leo aus und warf ihre Arme in die Luft. Beinahe wäre ihr das Jausenbrot, das sie gerade verspeiste, aus der Hand gerutscht. „Dieser Ludwig! Ich hab es dir immer schon gesagt, dass dieser Mann nichts für dich ist."

Anja seufzte und nickte.

Sie befanden sich in dem kleinen Park hinter dem Rathaus. Es gab hier einen von Seerosenblättern überwucherten Teich. Zwischen ihnen zogen Enten ihre Kreise. Anja und Leo hatten sich ein schattiges Plätzchen ausgesucht. Eine Bank direkt unter einem mächtigen Kirschbaum. Über ihnen flatterten Amseln in der Baumkrone und pickten nach den reifen Früchten, während sie sich unterhielten.

Es war Donnerstagmittag. Die Pasticceria hatte Ruhetag und Leo verbrachte ihre Mittagspause damit, sich von Anja auf den neuesten Stand bringen zu lassen. Gerade hatte sie ausführlich von dem Abendessen in Verona erzählt, während Leo immer wieder verständnislos den Kopf geschüttelt hatte.

„Heute Morgen hat mich Ludwig per Textnachricht wissen lassen, dass er jetzt wieder nach Deutschland fliegen wird", erzählte Anja.

„Gott sei Dank, dieser Mann ist nicht gut für dich." Leo machte eine überschwängliche Geste und nahm den letzten Bissen. Die Brotrinde, die sie übriggelassen hatte, zerteilte sie und warf die Krümel den Enten zu. Sofort kamen sie angeschwommen und stritten sich darum.

„Nach der Nachricht hab ich ihn noch einmal angerufen“, berichtete Anja weiter. „Wir haben ein paar Minuten lang telefoniert und ich hab ihm erklärt, dass es zwischen uns vorbei ist und dabei auch bleibt.“

Leo nickte zufrieden.

„Er hat ein weiteres Mal auf mich eingeredet. Was für eine idiotische Idee es sei, die Pasticceria zu führen, und dass ich einen großen Fehler machen würde“, fuhr Anja fort. „Er hat noch einmal gesagt, dass ich wieder nach Deutschland kommen soll. Na ja, es war dieselbe Leier wie gestern.“

Leo rollte mit den Augen. „Liebste, Ludwig ist der falsche Mann für dich. Italien ist deine wahre Heimat. Wenn du das nun erkannt hast, hatte der gestrige Abend ja auch etwas Gutes.“

Anja lächelte. „So gesehen hast du recht, ja.“ Das Kapitel Ludwig war für sie nun endgültig abgeschlossen, die anderen Probleme blieben aber. Ganz oben auf dieser Liste: die Kundenflaute, die die Existenz der Pasticceria bedrohte, und das verdammte Rezept.

„Schön, dass du jetzt um die Pasticceria kämpfen willst“, freute sich Leo. „Es muss doch möglich sein, die Leute dazu zu bewegen, hinauf zur Piazza Vicenza zu spazieren. Glaubst du wirklich, dass alles nur von diesem einen Rezept abhängt? Das kann doch nicht sein, oder?“

Nachdenklich rieb sich Anja das Kinn. „Na ja, so haben es mir Signora Stronzelli und ihre Freundin aber erklärt. Die Leute würden mir die Bude einrennen, wenn ich Milenas Original-Tiramisu anbieten würde, haben sie gesagt.“

Leo holte einen Apfel aus ihrer Jausenbox und polierte diesen mit ihrem T-Shirt, während sie überlegte. „So leid es mir tut, Liebste, aber auch ich habe keine Ahnung, wie Milena dieses Tiramisu gemacht hat“, sagte sie. „Sie hat ja immer ein Riesengeheimnis daraus gemacht.“

„Glaubst du, dass sie es vielleicht irgendjemandem verraten hat?“

Bedauernd zuckte Leo mit den Schultern und biss von dem Apfel ab. Schweigend verspeiste sie ihn. Als sie fertig war, sagte sie: „Ich könnte mit Emilia, meiner Kollegin im Bürgermeisterbüro, sprechen. Sie ist verantwortlich für die Gemeindezeitung. Nächste Woche kommt die neue Ausgabe. Wir könnten einen Aufruf bringen. Falls jemand das Rezept kennt, soll er sich bei dir melden. Was hältst du davon, hm?"

„Ich weiß nicht, ob es gut ist, so viel Aufruhr um die Sache zu machen? Muss ja nicht jeder wissen, dass ich in Problemen stecke."

„Falls aber wirklich jemand das Rezept kennt, wäre die Sache gelöst."

„Deine Idee ist nicht schlecht, aber den Aufruf können wir ja auch noch in der nächsten Ausgabe machen. Zuerst werde ich einfach jeden, den ich treffe, auf das Rezept ansprechen", schlug sie vor. „Vor allem die älteren Leute im Dorf, die Milena kannten. Vielleicht kann mir ja jemand weiterhelfen."

„Mach das, meine Liebe, ja, mach das!" Leo sah sie ermutigend an. „Irgendjemand muss doch etwas wissen."

„Ja, hoffentlich."

Schließlich entsorgte Leo das Kerngehäuse im nächsten Mülleimer. „Ich muss wieder ins Büro", sagte sie danach. Anja nickte und zum Abschied gaben sich die Freundinnen Küsschen auf die Wangen.

Danach machte sich Anja auf den Rückweg zur Piazza Vicenza. Zuerst ging es die Hauptstraße entlang und auf der Piazza Cardinale passierte sie den Springbrunnen. Dabei handelte es sich um ein kreisrundes Becken mit einer meterhohen Fontäne in der Mitte. Selbst wenn es nicht besonders windig war, wurden stets ein paar Tropfen davongetragen, also wurde man nass, wenn man daran vorbeiging. Ein paar Leute saßen an diesem sonnigen Tag am Rand des Beckens und genossen die angenehme Kühle, die von dem Springbrunnen ausging. Einige schleckten auch ein Gelato.

Gleich nebenan befand sich nämlich die gut gehende Pasticceria. Der Laden war wesentlich größer als ihrer und verfügte über eine Eistheke.

Sollte sie vielleicht umsatteln oder ihr Angebot erweitern? Italiener liebten Gelato, vielleicht würde sie damit mehr Gäste anlocken. Kaum hatte sie den Platz überquert, verwarf sie die Idee aber auch schon wieder. Zu teuer! Mit billigem Industrieeis würde sie kaum neue Kunden gewinnen können, und hochpreisige Ware einzukaufen, kam angesichts ihrer aktuellen Situation nicht infrage, denn sie musste damit rechnen, auch auf dem Eis sitzenzubleiben. Das Rezept, sie musste sich auf das Tiramisu-Rezept konzentrieren, so viel war klar.

Schließlich bog sie in das kleine Gässchen ein, das hinauf zu Piazza Vicenza führte und in dem sich auch Florentinas Obstladen befand. Alles, was sie bisher über das Rezept wusste, war, dass Orangen darin vorkamen. Das hatte Florentina ihr verraten. Wusste die Obsthändlerin vielleicht noch mehr?

Sie beschloss, den Vorsatz, den sie gerade gefasst hatte, sofort umzusetzen, also steuerte sie den Laden an und begrüßte Florentina, die wie immer auf ihrem Stuhl saß und ihre Geldkassette bewachte.

„Ciao Anja“, rief ihr die alte Frau erfreut entgegen.

„Hallo Florentina“, erwiderte sie. „Wir haben letztens über Milenas Tiramisu-Rezept gesprochen, erinnerst du dich?“

„Selbstverständlich, die Orangenblüten, die Orangenblüten!“ Florentina klatschte in die Hände und ihre Augenbrauen schnellten in die Höhe. „Sag bitte nicht, dass jetzt auch du Orangenblüten haben willst. Sie sind so schwer zu bekommen!“

„Keine Sorge. Nein, will ich nicht“, beschwichtigte Anja. „Ich hab ja noch nicht einmal das Rezept für Milenas Tiramisu gefunden. Sag, weißt du vielleicht noch irgendetwas Näheres darüber? Ich muss unbedingt wissen, wie Milena ihr Tiramisu gemacht hat.“

Die Obsthändlerin schüttelte aber nur den Kopf. „Wir haben uns nie über Rezepte ausgetauscht. Milena hat bei mir Früchte eingekauft, mehr nicht."

„Hm, schade." Anja überlegte. „Aber vielleicht weißt du, ob Milena mit irgendjemandem über ihre Rezepte gesprochen hat."

„Nein, keine Ahnung, woher soll ich das wissen?"

„Oder könnte es sein, dass sie die Rezepte irgendwo aufgeschrieben hat?"

Anja rechnete bereits mit dem nächsten Kopfschütteln. Dieses kam aber nicht. Stattdessen hielt Florentina mitten in der Bewegung inne und verharrte ein paar Momente lang in dieser Position. „Ja, ja, doch", sagte sie plötzlich und wedelte mit den Armen.

Anja sah die Obsthändlerin neugierig an. „Florentina, sag schon, was hat Milena erzählt?"

„Es dürfte gut fünfzehn Jahre her sein", fing sie an. „Milena hatte damals noch die Pasticceria. Sie hat aber bereits seit einiger Zeit mit dem Gedanken gespielt, zu schließen. Damals hat sie mir einmal erzählt, dass sie alle ihre Rezepte auswendig kennt, aber sie hatte Angst, eines Tages vergesslich zu werden, verstehst du?"

Anja nickte. „Hat sie sie aufgeschrieben?", wollte sie aufgeregt wissen.

„Ja, ich glaube schon. In diesem Gespräch hat sie jedenfalls erwähnt, dass sie sich nun alles zur Sicherheit aufschreiben will."

„Ein Büchlein mit allen ihren Rezepten, auch mit jenem für das Tiramisu?" Anjas Puls beschleunigte sich.

„So hat's Milena mir erzählt, ja."

Wow, das waren ja gute Neuigkeiten! „Hast du eine Ahnung, ob es dieses Büchlein noch gibt?", fragte Anja weiter. „Und wo es sich befinden könnte?"

„Nein, woher soll ich das wissen?" Die Obsthändlerin warf neuerlich ihre Arme in die Luft.

„Verstehe."

„Milena hat bei mir ja immer nur Früchte eingekauft."

„Du hast mir auch so sehr weitergeholfen, danke Florentina!“

Schließlich kaufte Anja bei ihr noch die Zutaten für die Früchtetörtchen ein, die sie am nächsten Tag machen wollte. Und einen Apfel für sich selbst, weil sie durch Leo Lust darauf bekommen hatte. Danach verabschiedete sie sich und wechselte in den Blumenladen, der sich direkt nebenan befand. Dort ließ sie sich einen Bund Lavendel geben. Mit ihren Einkäufen beladen schritt sie weiter in Richtung Piazza Vicenza.

Was Florentina ihr gerade erzählt hatte, machte ihr Hoffnung. Wenn es das Rezeptbuch tatsächlich noch gab, musste sie es finden. Vielleicht würde sich ja dann doch noch alles zum Guten wenden und es würde ihr gelingen, die Pasticceria auf Erfolgskurs zu bringen. Was für ein wundervoller Gedanke!

Diese Zuversicht tat gut. Motiviert betrat sie den Laden und beschloss, den freien Nachmittag dafür zu nutzen, ihn neu zu dekorieren. Zuerst führte sie einen Großputz durch. Als alles vor Sauberkeit nur so glänzte, sammelte sie die Vasen ein und tauschte die welk gewordenen Tulpen gegen Lavendel aus. Die Blüten verströmten einen lieblichen Duft, der gut in ihre Pasticceria passte, wie sie fand.

Als sie gerade die Putzutensilien zurück in die Abstellkammer bringen wollte, bemerkte sie im Augenwinkel Severin. Draußen auf der Piazza drehte er auf dem Mountainbike seine Runden. Nun raste er auf die Mariensäule zu, sprang über die Kante und rotierte in der Luft einmal um die eigene Achse. Es war das erste Mal, seitdem er in ihren Gastgarten gekracht war, dass er wieder seine Kunststücke machte.

Da der Laden geschlossen war, standen momentan keine Tischchen auf der Piazza, dafür zischte er umso näher an der Eingangstür vorbei. Die Scharnieren knarrten und Anja zog den Kopf ein, denn sie fürchtete, er könnte im nächsten Moment in die Tür krachen. Als er wieder ein

Stück weiter entfernt war, blieb er stehen und blickte in den Laden. Sie duckte sich hinter dem Tresen, damit er sie nicht sehen konnte. Zugegeben, es war unsinnig, da es ja bestimmt schon längst passiert war. Schließlich trat er wieder in die Pedale und es folgte der nächste Sprung. Im Anschluss zog er ein weiteres Mal haarscharf an der Tür vorbei.

Ein unangenehmes Gefühl stieg in ihr hoch, denn Severin gegenüber fühlte sie sich schlecht. Zuerst das Flirten und Knutschen, und dann hatte er sie mit Ludwig beobachtet. Eigentlich wollte sie sich gar nicht ausmalen, was er nun von ihr hielt. Wahrscheinlich dachte er, sie wäre eine Frau die ihre Männer nach Tageslaune wechselte. Plötzlich fühlte sich ihr Gesicht heiß an, so peinlich war ihr das.

Es war nicht zu übersehen, dass er sauer war. Anders waren seine Piazza-Kunststücke ja auch nicht zu erklären, denn er wusste doch, wie sehr sie es hasste, wenn er an ihrem Laden vorbeizischte.

Sie eilte in die Backstube, um auch dort sauberzumachen. Fest stand, dass sie sich in letzter Zeit zu sehr mit Männerangelegenheiten beschäftigt hatte und viel zu wenig mit ihrem Laden. So konnte es nicht weitergehen.

In diesem Moment wackelte wieder die Tür und sie guckte besorgt in den Laden, ob noch alles heil war. Schon kindisch, dieses Verhalten. Ja, Severin war ein Kindskopf, daran bestand kein Zweifel.

Aber machte ihn nicht genau das so liebenswert?

ZEHNTES KAPITEL

Das Geschäft lief weiterhin schlecht, trotzdem hatte Anja eine treue Stammkundin: Signora Stronzelli. Die alte Dame hatte sich damit abgefunden, dass es Milenas Original-Tiramisu bei Anja eben nicht gab. Nahezu jeden Vormittag verbrachte sie eine gute Stunde damit, auf der Piazza ihren Latte macchiato mit Baileys sowie ein Tortenstück zu vertilgen.

Manchmal kam sie alleine, immer wieder brachte sie aber auch Freundinnen mit. An diesem Freitag war auch Signora Casagrande dabei. Sowie eine weitere ältere Dame, die Anja bisher noch nicht kennengelernt hatte. Diese trug ihre langen schneeweißen Haare zu einem Zopf geflochten und hatte eine Brille mit türkisem Rahmen. Das Trio hatte sich einen Platz in der Sonne ausgesucht. Die Runde plauderte angeregt. Die Damen genossen ihren Kaffee und aßen Früchtetörtchen.

Am Vorabend hatte Anja mit Knuspernougat gefüllte Pralinen gemacht. Nun servierte sie den Damen ein Tellerchen mit drei dieser Schokoladekügelchen.

„Kostproben, meine Damen", verkündete sie. Es war eine verkaufsfördernde Maßnahme, die sich tatsächlich als wirkungsvoll erwies. Als die Runde aufbrach, kam die Dame mit dem Zopf nämlich in den Laden.

„Ach, geben Sie mir doch eine kleine Box mit diesen köstlichen Pralinen", bat sie.

„Selbstverständlich, Signora." Anja nahm einen Karton von dem für solche Fälle bereitliegenden Stapel, faltete die Wände hoch und schlichtete Pralinen hinein. Sie verströmten einen herrlichen Duft aus Schokolade und Haselnuss.

„Zehn Stück?", fragte sie.

„Ach, machen sie doch gleich zwanzig."

„Gerne." Anja nahm ein Zellophanpapier, das sie über die Pralinen legte, und schlichtete eine weitere Schicht in den Karton.

Währenddessen begann die Dame zu erzählen: „Wissen Sie, ich wohne ja unten in der Seniorenresidenz. Für viele von uns ist der Weg hier herauf zur Piazza Vicenza einfach zu beschwerlich. Die einen haben es mit der Hüfte, die anderen mit dem Knie. Also bringe ich meinen Mitbewohnerinnen etwas von Ihren Köstlichkeiten mit."

„Das ist eine liebe Idee." Anja lächelte die sympathische Frau an und klappte die Box zu.

„Wie viel bekommen Sie denn?"

Anja nannte den Preis. Nachdem die Dame bezahlt hatte, rief sie sich ihr Vorhaben in Erinnerung. „Sie sagten, sie leben in der Seniorenresidenz? Bestimmt kannten sie Milena, die Vorbesitzerin dieses Ladens?", fragte sie, als sie das Restgeld aushändigte.

„Selbstverständlich kannte ich sie", erwiderte die Dame. „Milena, sie war eine Kämpferin, die Gute. Wie alt ist sie geworden – vierundneunzig, nicht wahr?"

Anja nickte stumm. Danach unterhielt sie sich mit der Kundin eine Weile lang über Milena und erzählte ihr auch von ihren Recherchen in Sachen Tiramisu-Rezept.

„Angeblich hat Milena alle ihre Rezepte niedergeschrieben, in einem Büchlein. Florentina, die Obsthändlerin unten auf der Piazza Cardinale, hat es mir erzählt", berichtete sie. „Haben Sie vielleicht eine Ahnung, wo dieses Büchlein verblieben sein könnte?"

„Ach herrje, was fragen Sie denn für Sachen?" Die Dame schüttelte bedauernd den Kopf. „Ich fürchte, da kann ich Ihnen nicht weiterhelfen. Milena hatte am Ende ja nicht mehr viel. Ihre Kleider hat sie in den letzten Jahren der Wohlfahrt gespendet, aber ein Rezeptbüchlein, hm?"

„Hm." Anja wusste nur, dass Leo das Haus weiter oben in der Gasse und sie selbst die Pasticceria geerbt hatte.

Auch sie hatte keine Ahnung, was mit Milenas restlichem Hab und Gut geschehen war.

„Nein, das weiß ich nicht, tut mir wirklich leid", sagte die Dame noch einmal.

Anja winkte ab. „Viel wichtiger ist ja auch, dass Sie und ihre Mitbewohnerinnen sich die Pralinen schmecken lassen." Ihre Enttäuschung darüber, dass sie wieder keinen Schritt weitergekommen war, versuchte sie, mit einem Lächeln zu übertünchen.

Als die Dame sich verabschiedet hatte und beinahe schon bei der Tür raus war, drehte sie sich aber nochmal um und hob den Zeigefinger „Doch, Milena hat schon einmal etwas erwähnt", sagte sie jetzt.

„Ach ja?" Anja horchte auf.

Die Kundin rückte sich die Brille zurecht, machte eine bedeutungsvolle Pause, dann begann sie zu berichten: „Wissen Sie, unsere Apartments in der Residenz sind ja nicht besonders groß. Wir alle, die früher in größeren Wohnungen oder gar in eigenen Häusern gewohnt haben – wie Milena, haben Dinge zurücklassen müssen. Meine Puppensammlung zum Beispiel. Wissen Sie, mein Leben lang habe ich Puppen gesammelt. In meinem Appartement habe ich aber nur die allerschönsten Stücke bei mir, die anderen liegen in Kartons verpackt bei meiner Tochter im Keller."

„Was hat Milena denn erwähnt?", fragte Anja dazwischen.

„Ja, ich glaube, mich erinnern zu können. Doch, ja, sie hat diesbezüglich einmal etwas erwähnt ..." Man konnte der Frau ansehen, dass sie gerade angestrengt in ihren Erinnerungen kramte. „Milena hat einmal erzählt, dass sie alle Dinge, die ihr zu wichtig waren, als dass sie sie einfach hätte entsorgen können, in eine Truhe gepackt und aufs Dach gebracht hat."

„Aufs Dach?"

„Ja, richtig, aufs Dach. *Dann hab ich alles in eine Truhe gesteckt und die hinauf aufs Dach gebracht* – das waren ihre Worte."

„Wirklich?"

„Ja, genauso hat sie es gesagt. Nun ja, ich nehme an, sie hat damit eine Dachkammer gemeint. Oder einen Speicher."

„Hm, das ist ja interessant", murmelte Anja.

Die Dame verabschiedete sich danach endgültig. Mit der Pralinenbox unter dem Arm verließ sie die Pasticceria.

Es gab also noch alte Sachen von Milena, die sich in irgendeiner Dachkammer befanden. Oder sich dort zumindest einmal befunden hatten. Es waren einige Jahre vergangen, seitdem Milena in die Seniorenresidenz übersiedelt war. In der Zwischenzeit konnte mit dieser Truhe natürlich alles Mögliche geschehen sein.

Die wichtigste Frage war, von welchem Dachboden Milena damals gesprochen hatte. Vielleicht von jenem der Pasticceria? Auf einmal glühten ihre Wangen. Konnte es sein, dass sich das Rezept, nach dem sie so verzweifelt suchte, sogar in ihrem eigenen Haus befand? Wie verrückt wäre denn das?

Nur ein einziges Mal war sie bisher auf dem Speicher gewesen. Gleich ein paar Tage nach dem Einzug hatte sie nachgesehen, was sich dort oben befand. Die Antwort: nichts außer Staub. Aber vielleicht hatte sie die Truhe mit Milenas Sachen ja übersehen. Immerhin war es ziemlich dunkel gewesen. Sie musste noch einmal rauf, und zwar jetzt sofort.

Sie hielt es nicht aus, bis zum Ladenschluss zu warten. Da sie gerade ohnehin keine Kunden hatte, sperrte sie die Eingangstür zu und drehte das Schildchen auf *geschlossen*.

Dann lief sie hinauf in ihre Wohnung. Am oberen Ende der Treppe stieg sie auf einen Schemel, denn an dieser Stelle befand sich in der Zimmerdecke die Luke, die auf den Speicher führte. Sie öffnete sie und musste husten, weil ihr viel Staub entgegenkam.

Schließlich holte sie die ausziehbare Leiter und die Taschenlampe aus dem WC und stieg hinauf.

Der Raum war so niedrig, dass sie nicht aufrecht stehen konnte. In gebückter Haltung leuchtete sie mit der Lampe alle Ecken aus. Leider Fehlanzeige, im Lichtkegel erschienen lediglich Spinnennetze, Staubflocken und ein kleines Tier, das eiligst davonhuschte. Normalerweise hätte sie jetzt aufgeschrien, aber im Moment war sie zu konzentriert, um in Panik auszubrechen. Und zu enttäuscht. Denn eine Truhe befand sich hier definitiv nicht.

Seufzend stieg sie also wieder hinunter, wusch sich die Hände und sperrte den Laden wieder auf. Es kamen auch weiterhin keine Kunden, also hatte sie kaum etwas zu tun. Um nachzudenken, begab sie sich vor das Haus, verschränkte die Arme und ließ sich die Sonne ins Gesicht scheinen. Danach schweifte ihr Blick mehrmals über die Piazza. Auf einmal blieb dieser hängen.

Auf dem Nachbarhaus, genauer gesagt auf dem Dachstuhl.

Ihre Augenbrauen schnellten in die Höhe. Stimmt, im Pasticceria-Haus hatte Milena ja nie gewohnt. Die Wohnung über dem Laden hatte die Oma immer nur vermietet. Selbst hatte sie nebenan gewohnt. Dort, wo jetzt die Mountainbiker lebten.

Eine ungute Ahnung machte sich in ihr breit. Das Haus war in der Zwischenzeit verkauft worden. Was, wenn Milena die Truhe mit dem Rezeptbuch tatsächlich auf dem Speicher des Nachbarhauses deponiert hatte? Es war anzunehmen, dass die Sachen vom neuen Besitzer entsorgt worden waren. War das Rezeptbuch also schon vor Jahren in den Müll gekippt worden?

„Liebste, du wirst nie erfahren, ob es diese Truhe noch gibt, wenn du nicht nachschaust“, meinte Leo und machte eine eindringliche Geste in Richtung Fenster, das zum Nachbarhaus zeigte.

„Hast ja recht“, gab Anja zu.

Es war kurz vor Ladenschluss. Leo war auf dem Heimweg vom Büro auf einen Sprung in der Pasticceria vorbeigekommen. Nun aß sie eines der übriggebliebenen Früchtetörtchen und entspannte sich auf dem Sofa, während sie sich auf den neuesten Stand der Dinge bringen ließ.

Es hatte natürlich einen Grund, warum sich Anja so sehr dagegen sträubte, bei den Nachbarn zu klingeln und zu fragen, ob sie einen Blick auf den Speicher werfen durfte – und der hieß Severin. Er war zurecht sauer auf sie und ihr war unangenehm, was passiert war. Sie wollte ihm nicht gegenübertreten.

„Schau, sie sind sogar zuhause“, ermutigte Leo sie nun. Tatsächlich, Marco war gerade aus dem Haus gekommen und hatte sein Bike aus der Holzhütte geholt. Jetzt schraubte er am Sattel herum. „Du musst nur rübergehen und fragen. In der Zwischenzeit passe ich auf den Laden auf, ja?“, bot sie an.

„Hm, könnten wir es nicht vielleicht umgekehrt machen?“

„Wie?“

„Na, ich bleibe hier und du gehst rüber.“

Leo zeigte ihr den Vogel. „Sicher nicht. Du weißt, ich tue fast alles für dich, Liebste, aber da musst du selbst durch.“ Ihre Gesichtszüge wurden wieder weicher und sie lächelte. „Geh rüber und sprich mit Severin!“

Anja seufzte. Es war nicht schwer zu erraten, warum sich Leo plötzlich so unkooperativ verhielt. Ihre Freundin hatte nach wie vor die fixe Idee, dass sich Anja eine heiße Affäre mit Severin nicht entgehen lassen sollte. Daher spielte es ihr nur in die Hände, dass sie nun quasi gezwungen war, sich ihm zu stellen.

„Ich weiß nicht, ich will nicht …“ Anja biss sich in ihre Faust und sah ihre Freundin flehend an. „Leo, bitte!“

„Mamma mia, stell dich nicht so an!“ Leos Arme wirbelten durch die Luft, dann guckte sie auf ihre Uhr. „Es ist ohnehin gleich sechs. Also, meine Liebe, du sperrst nun deinen Laden zu und dann hast du den ganzen Abend Zeit, die paar Schritte zu deinem Nachbarhaus zurückzulegen und zu fragen, ob sich bei ihnen am Dach diese verdammte Truhe befindet. Das kann ja nicht so schwer sein! Ich muss aber jetzt nach Hause.“ Sie erhob sich und steuerte die Tür an. „Erzähl mir morgen, wie es war, ja?“, sagte sie, bevor sie ging.

„Hm, ja, ist gut“, erwiderte Anja.

Als Leo fort war, huschte ihr Blick weiterhin alle paar Sekunden hinüber zum Nachbarhaus. Marco hatte sein Bike in der Zwischenzeit wieder in der Hütte verstaut und war hineingegangen. In ihrem Inneren fand gerade ein Gefecht statt. Eine Hälfte von ihr konnte es kaum erwarten, rüberzugehen und auf dem Speicher nachzuschauen – vielleicht befand sich das Rezeptbuch ja tatsächlich noch dort.

Sobald sie aber nur daran dachte, Severin gegenüberzutreten, fühlte sich ihr Gesicht unangenehm heiß an und gleichzeitig wurden ihre Lippen taub. Wie peinlich es ihr war, was passiert war! Was Severin nun wohl von ihr dachte? Es pochte in ihren Schläfen.

Allerdings, sie würde kein Auge mehr zutun können, solange sie nicht wusste, ob sich das heiß ersehnte Rezept nicht vielleicht wirklich nur wenige Meter von ihr entfernt befand. Was blieb ihr also anderes übrig, als sich einen Ruck zu geben?

ELFTES KAPITEL

Den Laden hatte sie zugesperrt. Mit einem mulmigen Gefühl im Bauch näherte sie sich nun dem Nachbarhaus.

Marco öffnete. „Ciao", begrüßte er sie erstaunt. „Ähm, Severin ist nicht hier. Er wollte ein paar Sachen einkaufen, unten auf der Piazza Cardinale."

„Ich will nicht zu Severin", erwiderte sie sofort.

Okay, seine Kollegen wussten also auch längst Bescheid, dass zwischen Severin und ihr etwas gewesen war. Diese Tatsache wischte sie aber schnell weg, denn andererseits traf es sich doch perfekt, dass er gar nicht hier war. Also kam sie schnell zu ihrem Anliegen.

„Ich habe eine große Bitte", erklärte sie. „Du weißt doch, Milena, die Vorbesitzerin meiner Pasticceria, sie hat früher in eurem Haus gewohnt und ich suche nach wichtigen Unterlagen von ihr. Möglicherweise liegen die noch bei euch. Könnte es sein, dass sich auf eurem Speicher eine alte Truhe befindet?"

„Auf dem Speicher?" Marco zuckte mit den Schultern. „Keine Ahnung, ich war noch nie dort oben, aber komm doch rein und schau nach, wenn du willst."

Sie lächelte erleichtert. „O ja, gerne."

Marco trat zur Seite und bat sie herein. Das Haus der Mountainbiker war ähnlich aufgebaut wie ihr eigenes. Im Erdgeschoss, wo sich bei ihr das Ladenlokal und die Backstube befanden, gab es hier ein Wohnzimmer samt Küche. Nun stiegen sie die Treppe hoch und erreichten einen Flur, von dem mehrere Zimmertüren abgingen. Aus einer kam Simone, der offenbar auf den Lärm aufmerksam geworden war.

Marco erklärte seinem Kollegen, warum Anja hier war und auf den Speicher wollte. Genauso wie Severin war auch Marco sehr groß gewachsen.

Er brauchte nicht einmal einen Schemel, sondern musste sich lediglich strecken, um die Luke zum Dach zu öffnen.

„Klar, schau dich nur um“, sagte Simone und verschwand in einem Zimmer. Er kam mit einer Taschenlampe wieder, die er ihr überreichte. „Ich denke, die wirst du brauchen.“

Schließlich brachte Marco die Leiter und fragte: „Kommst du klar oder sollen wir mit hochkommen?“

„Ihr seid lieb, danke. Ich schaff's alleine, denke ich. Wenn ich etwas brauche, rufe ich, ja?“

Die Jungs nickten freundlich. Sie waren wirklich zuvorkommend. Genauso wie Severin ja auch.

Anja steckte sich die Taschenlampe in den Hosenbund und kletterte die Leiter hoch. Die Häuser waren nicht komplett baugleich. So war der Dachstuhl hier noch ein Stückchen niedriger, was zur Folge hatte, dass sie sich nur auf allen vieren fortbewegen konnte. Nur in der Mitte konnte sie sich leicht aufrichten. Nun nahm sie die Taschenlampe und leuchtete den Raum aus, der aber abgesehen von Staub und Spinnweben ebenfalls nahezu leer war. Auf der einen Seite befand sich unter der Dachschräge lediglich ein Stapel Holzlatten. Sie wendete sich auf die andere Seite und leuchtete. Nun erschien etwas Viereckiges im Lichtkegel.

Sie krabbelte näher heran und leuchtete noch einmal. War es wirklich wahr? Ja, es handelte sich um eine Box aus dunklem Holz, die viel Staub angesetzt hatte. Die Oberseite war leicht gewölbt und hatte Eisenbeschläge, darunter befand sich ein Schloss, in dem praktischerweise der Schlüssel steckte. Keine Frage, es handelte sich um … eine Truhe!

Sie wechselte in den Schneidersitz und pustete den Staub weg. Dann klemmte sie sich die Lampe unter den Arm und drehte den Schlüssel um. Scharnieren quietschten, als sie den Deckel hob. Eine Spinne huschte über ihre Hand. Sie biss die Zähne zusammen, um keinen Schrei auszustoßen. Ihr Herz raste. Nicht wegen der Spinne, sondern vor Aufregung, was sie in der Truhe vorfinden würde. Sie leuchtete hinein. Wieder sah sie Staub, aber auch drei Stapel loser Blätter.

„Alles in Ordnung bei dir?“, kam es von unten. „Hast du die Unterlagen gefunden?“

„Ja, ja, ich glaube, ja“, rief sie zurück.

Schließlich nahm sie einen Stapel heraus. Es handelte sich nicht nur um Blätter. Auch ein paar Postkarten und Briefumschläge waren dabei, aber nichts, das aussah wie ein Büchlein.

Umständlich hielt sie das oberste Blatt in den Lichtkegel der unter ihrem Arm klemmenden Lampe. Es war ein per Hand geschriebener Brief. Sie blätterte weiter. Auch darunter befanden sich Briefe. Schließlich betrachtete sie die Postkarten – die meisten hatten den Gardasee als Motiv. Dann bekam sie eine Klarsichthülle in die Hand, in der weitere Blätter steckten. Sie zog das erste heraus und ein heißer Schauer rann ihr über den Rücken.

Es war ein handschriftlich niedergeschriebenes Rezept. *Struffoli* stand ganz oben in geschwungenen Lettern geschrieben. Es folgte die Liste mit den Zutaten und die Anleitung zur Zubereitung.

„Milenas Struffoli-Rezept …“, murmelte sie. Es folgten Blätter mit weiteren Rezepten, die sie alle kannte: Torta Caprese, Zitronencremetorte, Kirsch-Crostata, diverse Pralinensorten, nur jenes, das sie suchte, war nicht dabei.

Am Ende befand sich nur noch ein verschlossener Umschlag in der Hülle. Sie zog ihn heraus. Es brodelte siedend heiß unter ihrer Schädeldecke, nachdem sie ihn geöffnet und das Blatt aufgefaltet hatte.

Die Überschrift lautete: *Tiramisu.*

Mit stockendem Atem überflog sie die Zeilen. Es begann wie jedes herkömmliche Tiramisu-Rezept: Eier aufschlagen, Eigelb mit Zucker dickschaumig rühren, Mascarpone dazu. Löffelbiskuits in einer Glasform auslegen. Espresso mit Ronzancello mischen …

Sie stutzte. Ronzancello?

Ja, dieses ungewöhnliche Wort fand sich auch weiter oben in der Zutatenliste. Dahinter hatte Milena sogar in Klammern und mit drei Ausrufezeichen hinzugefügt: Nur Ronzancello verwenden.

Was war bitte Ronzancello? Zum Glück hatte Anja ihr Smartphone dabei, das sie nun aus der hinteren Hosentasche zog. Sie tippte den Begriff bei Google ein, doch die weltweite Suchmaschine lieferte keinen einzigen Treffer.

Meine Güte, hatte sie sich etwa zu früh gefreut? Nun hielt sie das heiß ersehnte Rezept in Händen, hatte aber keine Ahnung, worum es sich bei der anscheinend entscheidenden Zutat handeln könnte. Sie überlegte. Ja, Limoncello sagte ihr natürlich etwas, das war ein Zitronenlikör. Die Signoras hatten aber von einem orangigen Geschmack berichtet. Es war nicht schwer zu kombinieren. Es musste sich also um einen Orangenlikör handeln.

Aber wieso hatte Milena nicht schlicht Orangenlikör in das Rezept geschrieben, sondern eben Ronzancello – und noch dazu mit drei Ausrufezeichen notiert, dass man ausschließlich diese Zutat verwenden durfte?

„Hey du“, machte es plötzlich hinter ihr. Ein unwiderstehlicher, sportlicher Parfumduft übertünchte nun den muffigen Staubgeruch.

Sie drehte sich hastig um. Severin. Seine Augen funkelten in der Dunkelheit. Er befand sich auf allen vieren. Von hinten war er an sie herangekrabbelt.

„Marco hat mir gesagt, dass du hier heroben bist“, erklärte er.

Sie klemmte ihre Unterlippe unter ihre Zähne und versuchte, das peinliche Gefühl, das in ihr gerade aufkam, zu unterdrücken. „Ja, entschuldige bitte, dass ich euch überfalle. Hier lagern wichtige Unterlagen von Milena, der Vorbesitzerin meines Ladens“, erklärte sie, nachdem sie sich einigermaßen gefasst hatte.

Er lächelte. „Und, hast du gefunden, wonach du gesucht hast?"

Sie nickte heftig und hielt das Tiramisu-Rezept hoch. „Ja, hab ich." Trotz der unangenehmen Situation lächelte sie. In Severins Anwesenheit war es nicht leicht, nicht zu lächeln.

„Hey, du musst dich doch nicht entschuldigen, dass du hier bist", erwiderte er rau. „Freu mich total, dich zu sehen."

Sie sahen sich ein paar Momente lang an. Anja hatte die Taschenlampe weggedreht, denn sie wollte Severin nicht ins Gesicht blenden. Nun war es zu dunkel, um ein Rezept zu lesen, aber hell genug, um ihn zu sehen – zumindest seine Silhouette. Auch er hatte sich nun in den Schneidersitz begeben.

Er trug wieder ein Baseballcap. Der Kappenschirm sorgte für zusätzliche Dunkelheit, sodass sie seinen Gesichtsausdruck nicht erkennen konnte. Jetzt legte er seinen Kopf schief. Vermutlich sah er sie gerade mit einem seiner süßen Blicke an.

Sie setzte an, um etwas zu sagen. Sie wollte sich erklären wegen der Situation mit Ludwig letztens.

Plötzlich ergriff aber er das Wort: „Sorry nochmals wegen … na ja, du weißt schon. Dass ich dich gedrängt habe und so. Konnte ja nicht wissen, dass du … vergeben bist."

„Bin ich nicht", schoss es aus ihr heraus. „Bin nicht vergeben. Severin, du hast absolut keinen Grund dich zu entschuldigen. *Ich* muss mich entschuldigen."

„Ja? Warum denn das?" Auch wenn sie seinen fragenden Blick nicht sehen konnte, sie spürte ihn.

„Der Mann, mit dem du mich letztens gesehen hast, das ist Ludwig", erklärte sie. „Er ist, ähm, war … er ist mein Ex aus Deutschland. Wir sind getrennt. Schon seit Monaten. Er war für einen Tag zu Besuch hier. Zwischen uns läuft aber nichts mehr."

„Also ist er nicht der Grund, warum du letztens gesagt hast, dass es besser ist, wenn wir nicht mehr miteinander ausgehen?“

„Nun ja, ja … nein.“ Sie seufzte und fand, dass sie ihm eine ausführlichere Erklärung schuldig war. Also erzählte sie von Ludwig und den Beziehungsproblemen, die zur Trennung geführt hatten. Schließlich berichtete sie von seinem Versprechen, er hätte sich geändert, das genau zu jenem Zeitpunkt gekommen war, als sie ihre Pasticceria schon fast aufgegeben hatte. Ebenso schilderte sie, wie enttäuschend der Abend in Verona verlaufen war.

„Dieser Mann, Ludwig, er hat eine Frau wie dich doch gar nicht verdient“, sagte Severin.

„Meinst du?“ Sie lächelte.

„Ja, meine ich.“

Severin hatte die Gabe, immer zum passenden Zeitpunkt genau das Richtige zu sagen. Sie sahen sich in der Dunkelheit an und die Dachbodenluft war plötzlich mit Spannung geladen, sodass es kaum auszuhalten war. Sie räusperte sich.

„Wie gesagt, das, wonach ich gesucht habe, habe ich gefunden.“ Sie hielt das Tiramisu-Rezept hoch. „Eigentlich können wir nun wieder hinuntergehen.“

„Okay“, erwiderte er. Das sanfte Timbre seiner Stimme vibrierte auf ihrer Haut.

Sie steckte das Rezept zum Handy in die Hosentasche und schloss die Truhe. Hintereinander krabbelten sie zur Luke.

Nachdem sie die Leiter hinuntergestiegen waren, faltete sie das Blatt Papier noch einmal auseinander und sofort stach ihr wieder das Wort Ronzancello ins Auge. Vielleicht hatte Milena ja irgendwo eine Anmerkung hinterlassen, die sie vorhin in der Dunkelheit übersehen hatte. Eine Erklärung, worum es sich bei dieser Zutat konkret handelte. Leider war dies aber nicht der Fall.

„Du hast also nach dem Tiramisu-Rezept gesucht, hm?“, fragte Severin, nachdem er die Leiter weggebracht und die Luke geschlossen hatte. Auch er richtete seinen Blick nun auf das Blatt Papier.

„Ja, endlich hab ich's gefunden. Hab dir ja gerade erzählt, dass ich Probleme mit der Pasticceria habe, weil alle nach dem Tiramisu verlangen." Sie seufzte. „Leider bringt mir das Rezept in dieser Form aber nichts. Wegen dieser Zutat. Ronzancello. Hab keine Ahnung, was das sein soll. Hab oben schon gegoogelt. Auch im Internet findet sich nichts darüber."

„Hm, lass mal sehen." Er nahm ihr das Papier aus der Hand. „Soso, der Ronzancello ist also das Problem", sagte er und auf einmal grinste er breit.

„Ähm, ja." Sie stutzte, denn sie wusste nicht, warum sich Severin darüber amüsierte.

„Na ja, vielleicht solltest du nicht das Internet befragen, sondern die Leute hier in Crevello."

„Klar, das werde ich tun. Hatte ich mir ohnehin schon vorgenommen", beteuerte sie. Im Geiste sah sie sich schon durch Crevello eilen. Sie musste Florentina sprechen, außerdem Signora Stronzelli und deren Freundinnen. Sie wollte alle ausquetschen. Vielleicht konnte ihr ja jemand weiterhelfen.

„Wie wär's, wenn du gleich hier und jetzt damit beginnst", schlug er vor.

„Womit?"

„Na, frag mich!" Er stemmte die Arme in die Hüften und sah sie eindringlich an.

„O-okay, wenn du meinst." Sie hatte keine Ahnung, worauf er nun hinauswollte, und sie kam sich dabei komisch vor, aber schließlich fragte sie: „Weißt du vielleicht, was Ronzancello ist?"

Zack, seine Mundwinkel gingen noch weiter nach oben. Er strahlte über beide Ohren und wie immer, wenn er das tat, kam ein angenehmes, warmes Gefühl in ihr auf. Es erfüllte sie bis in die letzte Faser.

„Selbstverständlich weiß ich das", antwortete er vergnügt, „Ronzancello ist der Orangenlikör, den mein Opa früher hergestellt hat."

„Ähm, was?"

„Ja, mein Opa am Gardasee. Von dem habe ich dir doch schon mal erzählt, oder?"

Sie versuchte sich zu erinnern und tatsächlich fiel ihr ein, dass Severin bei einem ihrer Gespräche – es war damals gewesen, als Leo im Wald überknöchelt war und die Jungs sie gerettet hatten – erwähnt hatte, dass er einen Großvater am Gardasee hatte.

„Hab dir meine Familiengeschichte ja erzählt", fuhr er fort.

Sie nickte.

„Meine Oma stammt ursprünglich aus Crevello. Aus diesem Grund hat es mich ja auch wieder hierhergezogen. Mein Opa ist aber am Gardasee aufgewachsen. Später wurde er Postbeamter in einer kleinen Ortschaft am Westufer. In Maclino. Weiß nicht, ob dir das etwas sagt."

Sie schüttelte den Kopf.

„Na ja, ist auch nicht so wichtig. Meine Oma hat jedenfalls einmal Urlaub in Maclino am Gardasee gemacht und dort meinen Opa kennengelernt. Sie haben sich verliebt und er hat sich zu ihr nach Crevello versetzen lassen. Dann haben sie geheiratet. Leider ist meine Oma bei der Geburt ihrer Tochter gestorben." Er machte eine bedeutungsvolle Pause. „Mein Opa hat seine Tochter, also meine Mutter, schließlich alleine großgezogen."

Betroffenheit machte sich in ihr breit, unweigerlich fühlte sie sich an ihre eigene Familiengeschichte erinnert. Auch Anja hatte ihre Mutter ja früh verloren und war bei ihrem Vater aufgewachsen.

Severin berichtete weiter: „Als meine Mutter erwachsen war, ist sie in die Schweiz gegangen, wo sie ja später meinen Vater kennengelernt hat. Und mein Opa, der ist wieder zurück an den Gardasee gezogen. Nach dem Tod meiner Oma hat er kein zweites Mal geheiratet. Er ist alleine geblieben. Na ja, Andeutungen hat er schon hin und wieder gemacht. Dass es in Crevello eine Frau gäbe, mit der er … aber das war nie offiziell, du verstehst?“

Anja nickte. „Aber was ist nun mit dem Ronzancello, dem Orangenlikör?“ Sie versuchte Severin wieder zum Thema zu lenken, nachdem er abgeschweift war.

„Jaja, erzähl ich dir ja gleich“, versicherte er. „Jedenfalls war es so, dass bei der Post in Crevello damals Stellen abgebaut wurden. Man hat meinem Opa eine hohe Abfindung bezahlt. So ist er wieder in seine alte Heimat gezogen und für das Geld hat er sich am Gardasee eine kleine Orangenplantage gekauft. An der Riviera dei Limoni, der Zitronenküste. Die heißt nur so. Eigentlich wachsen dort alle möglichen Zitrusfrüchte, auch Orangen. Von da an war mein Opa Orangenbauer.“

„Und dort hat er den Likör hergestellt, den Ronzancello?“

„Richtig, ja. Er hat nie Orangen verkauft, sondern immer nur den Likör. Auf den Märkten in der Gegend – in den Ferienorten. Er nannte den Likör Ronzancello. Ein Kunstwort aus unserem Familiennamen.“

„Ronzano … Ronzancello, ja, stimmt“, murmelte sie. Es fiel ihr wie Schuppen von den Augen. Auf diese Verbindung war sie gar nicht gekommen. „Das bedeutet also, ich könnte von deinem Opa Ronzancello bekommen?“

Severin seufzte. „Weiß nicht. Mein Opa ist ja schon alt. Er ist sechsundachtzig. Und sehr speziell.“

Anja konnte nur spekulieren, was er damit meinte. „Also …“

„Na ja, er hat sich längst zur Ruhe gesetzt und den Großteil der Plantage verkauft. Einen kleinen Orangengarten besitzt er noch. Ob er aber überhaupt noch Likör macht, tja, das weiß ich ehrlich gestanden nicht.“

„Also gibt es den Ronzancello möglicherweise gar nicht mehr?“

Er zuckte bedauernd mit den Schultern.

Es war so, als hätte Anja jemand auf den Kopf geschlagen. Plötzlich war sie um ein paar Zentimeter kleiner geworden. War also alles umsonst gewesen? Die Suche nach dem Rezept … Nun hatte sie sogar die geheime Zutat entschlüsselt, aber nur um festzustellen, dass es diese wohl gar nicht mehr gab. So gesehen war das Rezept, das sie gerade in Händen hielt, eigentlich wertlos.

Sie warf Severin einen verzweifelten Blick zu. „Dieser Ronzancello, hatte er einen speziellen Geschmack oder meinst du, könnte ich an seiner Stelle auch einen anderen Orangenlikör verwenden?"

An Severins Gesichtsausdruck änderte sich nichts. Er wischte sich durch die Strähnen seiner Wuschelfrisur, die ihm in die Stirn hingen. „Ganz ehrlich? Ich hab keinen blassen Schimmer … Na ja, er schmeckte schon besonders. Nach Zimt und ein paar anderen Gewürzen. Opa hat immer ein Riesengeheimnis aus der Rezeptur gemacht."

Anja stöhnte. Milenas geheimes Tiramisu-Rezept erforderte also eine Zutat, deren Herstellung wiederum ein Geheimnis für sich war. Na super, schön langsam hatte sie genug von Geheimnissen. Und auch andere Fragen warfen sich auf.

„Wie ist denn Milena überhaupt zu diesem Ronzancello gekommen?", dachte sie laut nach. „Wenn ich dich richtig verstanden habe, hat dein Opa mit der Likörherstellung ja erst begonnen, als er gar nicht mehr in Crevello gelebt hat."

„Ja, das stimmt schon, aber bis vor ein paar Jahren ist Opa immer wieder mal zu Besuch hierhergekommen. Er hatte ja noch einige alte Bekannte hier. Na ja, vielleicht ist diese Verbindung auf diese Weise entstanden, keine Ahnung."

„Hm", machte Anja. Sie faltete das Rezept und schob es wieder in ihre Hosentasche. „Danke jedenfalls, dass du mir das alles erzählt hast." Sie seufzte. „Aber wie es aussieht, soll es nicht sein. Das Tiramisu werde ich anscheinend nie so hinkriegen wie Milenas Original. Ich gehe dann wieder nach Hause, ja?“

Severin nickte stumm. Bedrückt wendete sich Anja der Treppe zu.

„Aber hey“, rief er ihr nach, nachdem sie die ersten Stufen genommen hatte.

Sie drehte sich noch einmal um. „Ja?“

„Wir könnten es zumindest versuchen.“

„Was?“

„Na ja, wir könnten Opa fragen. Wenn du willst, fahren wir morgen gemeinsam zu ihm. Vielleicht hat er ja von früher noch ein paar Fläschchen übrig. Mit dem Auto sind es zirka eineinhalb Stunden zu ihm.“

„Wirklich, das würdest du für mich tun?“

„Na, aber sicher doch.“ Er kam einen Schritt auf den Treppenabsatz zu, steckte seine Hände in die hinteren Hosentaschen und sah ein wenig verlegen drein.

„Musst du denn morgen gar nicht trainieren?“

Er lachte. „Eigentlich schon, ja. Aber wenn ich einen Tag aussetze, wird die Welt daran auch nicht untergehen.“ Seine Miene wurde eine Spur ernster. „Aber noch einmal die Warnung, mein Opa ist wirklich sehr speziell.“

„Severin, du bist der Wahnsinn.“ Sie lief die Treppe wieder hoch und umarmte ihn.

ZWÖLFTES KAPITEL

An der Riviera dei Limoni war es atemberaubend schön, gerade an einem sonnigen Julitag. Anja betätigte den elektrischen Fensterheber und ließ den Sommerwind herein. Ihre Locken flatterten und es roch nach Zitrusfrüchten, Zypressen, Sonne und Urlaub.

„Herrlich, nicht wahr", rief sie.

Severin, der den Wagen lenkte, wendete seinen Blick kurz von der Straße ab. „Der Gardasee ist echt cool, hm?" Er nickte und lächelte schief.

Anja war Leo unendlich dankbar, denn sie hatte es ermöglicht, dass sie diesen Ausflug unternehmen konnten. Ihre Freundin hatte sich bereiterklärt, ihren freien Samstag zu opfern und die Tagesschicht in der Pasticceria zu übernehmen.

Begonnen hatte der Tag für Anja aber wie jeder andere: Frühmorgens war sie aufgestanden und hatte mehrere Stunden in der Backstube verbracht, Torten gebacken und ein paar Ladungen Struffoli und Pralinen erzeugt. Später war Leo gekommen und Anja hatte ihr den Laden übergeben.

Nun war Anja mit Severin im Teamauto des Racing Team Venezia unterwegs. Zuerst hatten sie die Autostrada Richtung Gardasee genommen und waren dem Südufer entlanggefahren. Dann hatten sie das Westufer erreicht. Nun ging es steil abwärts, im nächsten Moment aber schon wieder bergauf. Die Uferstraße war stellenweise gebaut wie eine Achterbahn. Manchmal grub sie sich zwischen Felsen durch. Wenn sie hoch oben waren, eröffnete sich jedoch eine spektakuläre Aussicht. Die Mittagssonne spiegelte sich im Wasser. Der See sah aus wie ein Meer aus glitzernden Diamanten. In Ufernähe schaukelten weiße Segelboote.

Allzu lange konnte sie das überwältigende Bild aber nicht genießen, bald verdeckten nämlich wieder Felsen die Sicht. Immer wieder lugten hinter ihnen Äste hervor, die knallgelbe oder orangefarbene Früchte trugen. Zitronen, die diesem Uferabschnitt seinen Namen gaben, aber auch Orangen, Pampelmusen und Mandarinen. Immer wieder fuhren sie an kleineren und größeren Plantagen vorbei. Nun drang ein weiterer Schwall von dem Duft, den die Bäume verströmten, in ihre Nase. Sie lächelte verzückt.

Seit mehr als einer Stunde waren sie nun schon unterwegs. Über verschiedene Themen hatten sie sich bereits unterhalten. Momentan berichtete sie über ihre Recherchen in Sachen Tiramisu-Rezept.

„Weißt du eigentlich, warum Tiramisu Tiramisu heißt?", warf Severin ein.

„Ähm, nein." Sie schüttelte den Kopf. Ehrlich gestanden hatte sie sich mit dieser Frage noch gar nie auseinandergesetzt.

„Tja, es gibt mehrere Entstehungsgeschichten", fing er an. „Hab unlängst im Fernsehen eine Doku darüber gesehen. Eine der Storys besagt, dass das Dessert in einer Trattoria in der Provinz Görz erfunden wurde, allerdings wurde dort Zabaglione statt Mascarpone verwendet. Ein Gast soll davon so begeistert gewesen sein, dass er gerufen haben soll: *Wow, das hat mich hochgezogen*. Und im dortigen Dialekt sagt man dazu *Tireme su*. So entstand Tiramisu, verstehst du?"

„Wirklich wahr?" Sie lächelte. „Das ist eine nette Geschichte."

„Keine Ahnung, ob sie stimmt. Es gibt ja auch noch andere Entstehungsgeschichten. In der Doku wurden alle erzählt. Sie lief vor kurzem auf *Rai Cinque*. Vielleicht ist sie in der Mediathek ja noch abrufbar."

„Danke für den Tipp. Ja, ich werde auf alle Fälle nachschauen."

Dass Severin Rai Cinque, den Kultur- und Dokumentarsender des italienischen Fernsehens, schaute, fand Anja nicht überraschend. Während des Gesprächs hatte sie mehr als nur einmal festgestellt, dass er Wissen anscheinend nur so aufsaugte.

Und nicht nur das. Etwas später erzählte er, dass er vier Sprachen beherrschte – neben Deutsch und Italienisch auch Englisch und Französisch.

„Na ja, vielleicht sind's sogar fünf. Ob man Schwyzerdütsch als eigene Sprache zählt, ist natürlich Ansichtssache", erklärte er und grinste.

„Sag doch einmal etwas auf Schwyzerdütsch", bat sie.

Er gab ein paar Sätze zum Besten und sie musste lachen, da es in ihren Ohren ulkig klang, wenn Severin plötzlich so sprach. Sie verstand kein Wort. „Ja, es ist definitiv eine eigene Sprache", meinte sie amüsiert.

Es machte großen Spaß, sich mit Severin zu unterhalten. Je länger sie plauderten, desto merkwürdiger erschien ihr das Bild, das sie anfangs von ihm gehabt hatte. Sie hatte in ihm bloß den Fahrradrowdy gesehen, der ihre Kunden verscheuchte, und den Krachmacher, der sie mit seiner Wummer-Musik quälte. All seine guten Seiten hatte sie damals eben noch nicht gekannt: In Wirklichkeit war er hilfsbereit, außergewöhnlich gut gebildet, zuvorkommend, charmant.

„So, hier sind wir", sagte er schließlich und setzte den Blinker.

Sie nahmen eine unscheinbare Abzweigung und legten ein paar Meter auf einer Schotterpiste zurück, bevor sie ein Grundstück erreichten, das von Felsen quasi eingerahmt war und auf dem sich ein schlichtes Häuschen und etwa zwei Dutzend Orangenbäume befanden. Sie verließen den Wagen und näherten sich dem Haus.

Severin meinte: „Hm, besser, du hältst dich anfangs noch im Hintergrund. Wie gesagt, Opa ist sehr …"

„… sehr speziell, ich weiß", erwiderte sie und nickte. Es hatte wohl seine Gründe, warum er diese Warnung nun schon zum wiederholten Mal aussprach, fand sie und blieb von nun an zwei Schritte hinter ihm.

Sie erreichten das Häuschen. Neben der Eingangstür befand sich ein Fenster, hinter dem nun die Gardinen wackelten. Ein paar Momente später kam ein hagerer Mann mit Gehstock heraus. Er hatte ein grimmiges Gesicht und einen fast kahlen Kopf mit weißem Haarkranz. Der Griff des Stocks bestand aus einer Holzschnitzerei, die ein faltiges Gesicht zeigte, das frappant an jenes des Mannes erinnerte. Anja musste innerlich grinsen, denn irgendwie sah der Anblick komisch aus. Der alte Mann kaute auf seiner Lippe.

„Severin", rief er. „Warum hast du nicht angerufen? Woher soll ich denn wissen, dass Besuch kommt?" Seinen freien Arm warf er drohend in die Luft. Trotz seines hohen Alters hatte er eine ausgesprochen kräftige Stimme. Sein Tonfall erinnerte stark an das Bellen eines Hundes.

„Ihn anzurufen, hat keinen Sinn. Das Telefon hebt er ja schon seit Jahren nicht mehr ab", raunte Severin ihr zu. Schließlich ging er auf den alten Mann zu, während sie, wie sie es miteinander abgesprochen hatten, stehenblieb und abwartete. „Entschuldige den Überfall, Opa", sagte er.

Nun traf sie ein grimmiger Blick. „Wer ist das? Wer ist diese Frau? Ist das deine Freundin?", bellte der alte Mann.

Severin ging nicht auf die Frage ein. „Opa, wir sind gekommen, weil wir eine Bitte an dich haben", sagte er stattdessen und zeigte auf sie. „Das ist Anja und sie braucht für ein spezielles Rezept Ronzancello. Hast du noch welchen hier?"

Sie machte ein freundliches Gesicht und nickte. Schließlich traute sie sich auch, sich dem Mann zu nähern. Sie streckte ihm die Hand entgegen. Er würdigte sie aber keines Blickes mehr. Kopfschüttelnd sah er Severin an.

„Ich verkaufe schon seit Jahren keinen Likör mehr. Das weißt du doch! Was soll das, Severin?"

„Ja, Opa, selbstverständlich, das weiß ich. Aber möglicherweise machst du ja noch für dich selbst Likör und hättest ein paar Fläschchen übrig, hm?“

Der Blick des Alten blieb grimmig. „Nein, nur privat. Ich verkaufe keinen Likör, schon seit Jahren nicht mehr“, betonte er abermals.

„Für Anja wäre es aber sehr wichtig.“

„Nein, Likör nur privat, nur privat!“

Nun versuchte sie es: „Signore, Sie müssen wissen, dass …“

„Nur privat!“, fiel er ihr aber sofort ins Wort. „Ich verkaufe keinen Likör. Schon seit Jahren nicht mehr.“

Sie sah den grimmigen Mann konzentriert an, der nun vor seiner Eingangstür stand, als müsste er sie bewachen. Wenn sie ihn richtig verstanden hatte, lagerte in dem Häuschen hinter ihm tatsächlich das eine oder andere Fläschchen Ronzancello. Der Likör war für sie so wertvoll wie Gold und nun war er zum Greifen nah.

„Nur privat, nur privat“, sagte er gebetsmühlenartig.

Durfte das denn wahr sein? Severin hatte rechtgehabt. Sein Opa war in der Tat sehr speziell. Irgendwie musste sich der sture Mann doch hoffentlich überzeugen lassen, ihr welchen zu verkaufen.

„Aber es ist doch privat, Opa, wenn du den Likör mir gibst. Ich bin doch dein Enkelsohn“, argumentierte Severin.

Danach schwieg der Mann, also entstand eine Pause. Anja ergriff die Gelegenheit, um ihm die Sache zu erklären: „Signore, mein Name ist Anja Steiger, ich bin die Erbin von Milenas Pasticceria in Crevello. Den Laden kennen Sie doch bestimmt noch von früher, oder? Ich versuche alle Waren nach Milenas Originalrezepten herzustellen. Und für ihr Tiramisu benötige ich Ronzancello.“

„Milena?“ Plötzlich änderte sich sein Gesichtsausdruck. „Milena Parisi?“

Anja nickte.

Ein Glanz legte sich in seine Augen. Es sah so aus, als würden nun Erinnerungen in ihm aufkommen. Oder Wehmut. Er dachte nach. Schließlich sagte er: „Na gut, dann kommt eben mit."

Severin und Anja sahen sich überrascht an. Von einer Sekunde auf die andere hatte der Mann sein Verhalten geändert. Nun trat er zur Seite, bat sie in sein Haus und führte sie in den Keller, wo er das Licht anknipste.

Eine einzelne Glühbirne hing von der Decke. Sie tauchte das Gewölbe in ein schwaches Licht. Trotz der Julihitze draußen war es hier ausgesprochen kühl. Überall befanden sich Holzstellagen voller Glasflaschen, in denen sich eine orangefarbene Flüssigkeit befand.

„Ist das alles etwa Ronzancello?", stieß Anja überwältigt hervor. Die Flaschen hatten keine Etiketten. Es waren bestimmt hundert, wenn nicht noch mehr.

„Na, nimm dir eben eine", sagte er zu ihr.

„Vielen Dank, Signore, ich kann Ihnen gar nicht genug danken." Sie griff sofort zu, bevor er es sich noch anders überlegte.

Sie drehte die Flasche in ihrer Hand. Der Likör bewegte sich nur langsam. Er war fast so dickflüssig wie Honig. Das Glas fühlte sich kalt an. Trotzdem ging gerade ein Hitzestoß durch ihren Körper. So aufregend war es, jenes Wundermittel in Händen zu halten, das offenbar aus einem normalen Tiramisu jene Köstlichkeit machte, mit der Milena ganz Crevello verzaubert hatte.

„Dann könnt ihr ja nun wieder fahren", bellte Severins Opa.

„Signore, ich möchte nicht, dass Sie mir den Likör schenken", erwiderte sie. „Ich möchte Ihnen einen guten Preis zahlen. Wie viel wollen sie denn für eine Flasche? Und wenn es vielleicht möglich wäre, würde ich gerne gleich mehrere …"

„Nur eine Flasche!", fauchte er.

„Signore, bitte." Sie sah ihn flehend an.

Das Tiramisu-Rezept kannte sie mittlerweile auswendig. Für eine Form war nur ein Schuss des Likörs notwendig. Trotzdem, sollte ihr Plan aufgehen und es tatsächlich zum Verkaufsschlager werden, würde die Flasche in absehbarer Zeit aufgebraucht sein. Und was dann? Sie musste sich einen Vorrat anlegen.

Nun wendete sich Severin an ihn. „Opa, hör zu!“, sagte er und sie entfernten sich ein paar Schritte, wo sie sich leise und in einem schnellen Italienisch unterhielten, sodass Anja dem Gespräch nicht folgen konnte.

Als sie wieder zurückkamen, sagte sein Opa: „Na gut, geben Sie mir fünfundzwanzig Euro pro Flasche. Aber höchstens zwanzig Flaschen, mehr gebe ich nicht her.“

„Vielen Dank.“ Anja fiel ein Stein vom Herzen. Mit dieser Menge würde sie zumindest eine Zeitlang durchkommen. In weiser Voraussicht hatte sie ein dickes Portmonee mitgenommen. Dieses zückte sie jetzt und überreichte dem Mann fünf Einhundert-Euro-Scheine.

Schließlich wurden die Flaschen in Kisten gepackt und in Severins Wagen verladen. Mit dieser wertvollen Fracht machten sie sich auf den Rückweg nach Crevello.

Vieles sprach dafür, dass sie Milenas Tiramisu nun originalgetreu hinbekommen würde – immerhin hatte sie nun das Rezept und flaschenweise Ronzancello, trotzdem wollte Anja nichts überstürzen.

Sofort nach ihrer Rückkehr nach Crevello löste sie Leo in der Pasticceria ab. Danach bediente sie noch ein paar wenige Gäste, bevor sie um achtzehn Uhr Ladenschluss machte. Eigentlich hätte sie den Abend nutzen können, um gleich große Massen des Orangenlikör-Tiramisus vorzubereiten.

Aber es war ihr zu riskant. Was, wenn es doch nicht genauso schmeckte wie Milenas Original? Sie musste auf Nummer sicher gehen, also bereitete sie lediglich eine kleine Form vor. Erneut setzte sie auf die Mithilfe von Signora Stronzelli. Ihr wollte sie das Tiramisu am nächsten

Tag zum Kosten geben und nur wenn die Signora bestätigen würde, dass sie den Geschmack nun richtig getroffen hatte, wollte sie es tags darauf auch allen anderen Kunden anbieten.

Also verbrachte sie den Abend in der Backstube. Sie hatte gerade die Mascarponemasse zubereitet und die Form mit Löffelbiskuits ausgelegt. Es glich einem magischen Moment, als sie zum Ronzancello griff. Ehrfürchtig drehte sie die Likörflasche in ihren Händen, als würde diese einen Zaubertrank enthalten. Es ploppte, als sie den Stöpsel vorsichtig aus dem Flaschenhals zog. Sie betrachtete die Schale mit dem Espresso. Er war bereits ausgekühlt, also konnte sie den Likör nun hinzufügen, genauso wie Milenas Rezept es vorsah. Langsam fielen die dicken Tropfen in die Schale. Mit einem Löffel vermischte sie die Flüssigkeit.

Tatsächlich verströmte die Mischung ein verführerisches Aroma. Kaffeeduft gepaart mit einer angenehm herben, orangigen Note. Es reizte sie, ein Löffelchen davon zu kosten. Sie tat es aber nicht, denn was hätte es gebracht? Die Kaffee-Likör-Mischung alleine schmeckte bestimmt viel zu intensiv. Sie musste erst in die Biskuits und später in die Mascarponemasse einziehen, erst dadurch würde der endgültige Geschmack entstehen. Nachdem sie die letzte Schicht aufgetragen und mit Kakaopulver bestreut hatte, schob sie die Form in den Kühlschrank und ihr Herz pochte vor Aufregung.

Schließlich sammelte sie die Eierschalen und die leeren Verpackungen ein und gab sie in eine Tüte, mit der sie die Backstube durch den Hintereingang verließ und die Mülltonnen ansteuerte. Diese waren von hohen Hecken umgeben und befanden sich hinter dem Haus. Sie wurden von ihr und den Nachbarn gemeinsam genutzt. Als sie gerade dabei war, den Deckel zu öffnen, flatterte etwas auf sie zu.

Sie kreischte auf.

Ihr Herz raste. Das Pochen dröhnte in ihren Ohren. Ihr wurde schwindelig.

Aufgefangen wurde sie von kräftigen Armen.

„Hey, keine Panik. War doch nur eine Fledermaus …"

Die Stimme hatte etwas Beruhigendes. Ein vertrauter, verführerischer Duft stieg ihr in die Nase. All das bewirkte, dass sie sich wieder fing. Sie öffnete die Augen und sah Severin. Er half ihr auf.

„Entschuldige, ich bin manchmal so entsetzlich schreckhaft." Sie schüttelte über sich selbst den Kopf.

„Nun ja, wenn einem plötzlich etwas Schwarzes entgegenflattert, schreckt sich jeder, denke ich, hm?"

„Kam die etwa aus der Mülltonne?"

Er zuckte mit den Schultern. „Hab ich nicht gesehen. Vielleicht war sie vorhin auch in der Hecke. Abends habe ich hier schon öfters Fledermäuse gesehen."

„Warum bist du denn überhaupt hier?" Sie sah ihn an. Langsam nahm ihr Pulsschlag wieder einen normalen Takt an.

„Küchenabfälle entsorgen", antwortete er.

„Ach ja." Jetzt erst fiel ihr die Plastiktüte neben Severin auf, die er offenbar auf den Boden hatte fallen lassen, als er sie aufgefangen hatte. Seine Hände waren nach wie vor nicht frei. Immer noch befanden sie sich an ihren Hüften.

Es war eine Berührung, von der sie sich wünschte, dass sie niemals enden würde. Von Severin gehalten zu werden, fühlte sich fantastisch an. Warm und aufregend. Nun überzog ein Kribbeln ihre Haut. Langsam drang es in alle Poren ein.

„Anja", sagte er mit rauer Stimme und lächelte.

Sie sahen sich an. Ihre Nerven glühten und an ihren Enden fanden kleine Explosionen statt.

Schließlich küsste er sie.

Es war ein langer Kuss. Zuerst zart, dann brauste die Leidenschaft auf. Es blieb nicht bei einem Kuss. Als sie sich kurz voneinander lösten, sahen sie sich an. Sie taxierte das süße Muttermal in seinem Gesicht. Severin strahlte. In seinen Augen lag ein zärtlicher Blick, seine langen Wimpern flatterten. Tief sog sie seinen Duft ein. Schließlich gab sie sich weiteren Küssen hin.

„Wollen wir nicht reingehen, hm?"

Sie nickte und ging mit ihm ins Nachbarhaus.

DREIZEHNTES KAPITEL

Morgens um vier ging Anjas Handywecker. Severin nahm ihn gar nicht wahr. Er brummte lediglich missmutig, als sie sich aus seinen Armen schälte, um dem nervtötenden Piepen ein Ende zu bereiten. Gerne wäre sie bei Severin im Bett geblieben, das kam aber nicht infrage, denn es war Sonntag und sie musste in die Backstube.

Noch dazu würde dieser Tag in der Pasticceria ja ein besonderer werden, denn die Verkostung des Orangenlikör-Tiramisus durch Signora Stronzelli stand an. Deshalb wurde sie bereits jetzt am frühen Morgen hektisch. Eilig suchte sie ihre Kleidung zusammen, die in dem Zimmer wild verstreut herumlag, und schlüpfte hinein.

Gegen ihre innere Unruhe kam sie nicht an. Hoffentlich waren ihre Bemühungen nicht umsonst gewesen. Was, wenn die Signora ihr kopfschüttelnd erklären würde, dass auch die Variante mit dem Ronzancello nichts mit Milenas Original zu tun hatte? Sicher, sie hatte das Rezept auf Punkt und Komma befolgt, aber was, wenn sie einen Fehler gemacht hatte oder mit Ronzancello doch etwas anderes gemeint war als der Orangenlikör von Severins Opa? Nein, daran wollte sie gar nicht denken.

Bevor sie das Zimmer verließ, drückte sie dem schlafenden Severin einen Kuss auf die Stirn. Sein Atem ging gleichmäßig und er lächelte sogar im Schlaf. Wie zauberhaft er aussah! Sie tat sich schwer, ihren Blick von ihm zu lösen. Ein wärmendes Gefühl erfasste ihr Herz. Es half sogar gegen die Nervosität. Je länger sie ihn beobachtete, desto ruhiger wurde auch sie. Tja, was sollte schon schiefgehen? Immerhin hatte sie das originale Rezept und den originalen Likör, also bitte!

Nachdem sie die Tür leise hinter sich geschlossen hatte, bewegte sie sich auf die Treppe zu. Auf Zehenspitzen, denn sie musste an den Zimmern von Marco und Simone vorbei und sie wollte niemanden wecken. Als sie die erste Stufe der Treppe erreichte, fiel ihr Blick auf die Decke. Zur Dachbodenluke, die nun verschlossen war.

Hm, eigentlich hatte sie sich vorgenommen, noch einmal hinaufzusteigen. Letztens war sie so aufgeregt gewesen, dass sie völlig darauf vergessen hatte, den restlichen Inhalt der Truhe mitzunehmen. Vielleicht fand sich in Milenas Sammlung ja noch das eine oder andere Rezept, das sie nicht kannte. Selbst wenn der Plan mit dem Tiramisu aufgehen würde, war es bestimmt kein Fehler, noch weitere Schätzchen in der Hinterhand zu haben.

Tja, und nun war sie schon einmal hier und es war erst kurz nach vier. Bedeutete, sie hatte noch reichlich Zeit für die Arbeit in der Backstube und länger als ein paar Minuten würde sie ohnehin nicht benötigen. Also, warum sollte sie nicht gleich die Gelegenheit ergreifen?

Deshalb holte sie Schemel und Leiter aus dem WC und stieg auf den Speicher, wo sie jenen Papierstapel, in dem sich die Rezepte befanden, aus der Truhe holte. Sie klemmte ihn sich unter den Arm und kletterte wieder hinunter. Als sie ein paar Minuten später in ihrer eigenen Wohnung eintraf, legte sie ihn auf dem Küchentisch ab. Schließlich machte sie sich frisch und begab sich in die Backstube.

Die ersten Stunden des Sonntagsgeschäfts verliefen unspektakulär. Ein paar wenige Gäste kamen, tranken Cappuccino, aßen Torte und gingen wieder, während das kostbare Tiramisu immer noch im Kühlschrank lagerte. Sie hatte es weder in die Vitrine gestellt, um es zum Verkauf anzubieten, noch hatte sie es gewagt, selbst davon zu kosten. Fürchtete sie sich etwa? Was, wenn es ihr nicht schmeckte? Na ja, da sie den originalen Geschmack nicht kannte, hätte sie es ohnehin nicht bewerten können.

Ihr blieb also nichts anderes übrig, als auf Signora Stronzellis Urteil zu warten.

„Guten Tag, mein Kind“, flötete es am frühen Nachmittag, als Anja gerade auf der Piazza war und mit einem feuchten Lappen einen Tisch abwischte.

Sie schnellte hoch. „Guten Tag, Signora!“, rief sie aufgeregt. Stronzelli spazierte an ihr vorbei und ließ sich auf einem der freien Stühle nieder. Anja ließ sofort den Lappen fallen und eilte zu ihr. „Signora, wie schön, dass sie hier sind! Ich habe eine riesige Bitte.“

„Ach, wirklich?“ Die Signora legte ihren Kopf schief und sah sie neugierig an. Sie trug ein azurblaues Wickeltuch in den Haaren und farblich passende Ohrringe. Riesige Kreolen, die bei jeder Kopfbewegung klackerten.

„Ich glaube, nun ja, ich hoffe …“ Anja verhaspelte sich und musste einmal tief durchatmen, um sich zu sammeln.

„Mein Kind, was ist denn los mit Ihnen?“

„Nun ja, es könnte sein, dass es mir nun doch gelungen ist, Milenas Original-Tiramisu zuzubereiten“, verkündete sie aufgeregt.

„Tatsächlich? Mein Kind, das wäre ja wunderbar!“ Die Signora strahlte und die Kreolen klackerten.

„Hm, ja, aber wollen wir es nicht verschreien.“ Geheimnisvoll sprach Anja weiter: „Darf ich Ihnen eine Portion servieren und Sie sagen mir dann, ob …“

„Selbstverständlich“, jauchzte die Signora. „Probieren wir es.“ Sie rieb sich aufgeregt die Hände.

Anja lief in die Backstube und holte die Form aus dem Kühlschrank. Ihre Hände zitterten. Innerlich ermahnte sie sich, dann sammelte sie sich und schnitt mit dem Spatel eine Portion heraus, die sie mit dem Tortenheber auf einen Teller beförderte. Schließlich bereitete sie der Signora ihren Latte macchiato zu. Trotz der Aufregung vergaß sie auch auf den Schuss Baileys nicht.

Nachdem sie Kaffee und Tiramisu serviert hatte, begab sie sich wieder in den Laden, von wo aus sie auf eine Reaktion wartete. Ihre Finger trommelten auf dem Tresen.

Prüfend betrachtete die Signora den Teller. Dann nahm sie den ersten Bissen. Eine Sekunde verging. Noch eine. Ihr Gesichtsausdruck? Anja konnte ihn nicht deuten. Sie wollte die essende Signora auch nicht zu auffällig anstarren. Himmel, das war doch unangenehm! Trotzdem, sie zu beobachten, war gerade spannender als jeder Fernsehkrimi. Eine gefühlte Ewigkeit verging, bis ein metallisches Klimpern ertönte.

Die Signora hatte die Gabel auf den Teller fallen lassen. Die Portion war erst zur Hälfte aufgegessen. Nun sprang sie auf und eilte zu Anja in den Laden. Sie ballte die Fäuste und hob sie zu einer Jubelgeste.

„Ja, ja, ja", rief sie. „Mein Kind, wie haben Sie das nur geschafft?" Ihre Arme wirbelten durch die Luft und die Ohrringe schaukelten. Sie holte tief Luft und im nächsten Moment zeigte sie mit ausgestrecktem Finger nach draußen. „Dieses Tiramisu", erklärte sie, „es schmeckt genauso wie damals. Fantastisch, köstlich!" Sie strahlte über beide Ohren.

Anja kam es vor, als würde ihr ein Brocken, groß wie der Monte Baldo, der hohe Berg am Gardasee, vom Herzen fallen. Selbiges machte einen Riesensatz und eine Gänsehaut rieselte ihr den Rücken hinab. Ein Glücksgefühl erfasste sie bis in die letzte Faser. War es wirklich wahr? Hatte sie es tatsächlich geschafft?

„Wie haben Sie das nur angestellt, mein Kind?", fragte die Signora noch einmal.

Anja strahlte. „Habe Milenas altes Rezept gefunden", verriet sie.

„Wunderbar! Oh, Moment, ich muss doch weiteressen …" Hektisch lief die Signora wieder hinaus und nahm die nächsten Bissen.

Als sie fertiggegessen hatte, schlenderte Anja auf die Piazza, um den Teller abzuservieren.

„Fantastisch, dass Ihnen das gelungen ist“, begann die Signora von Neuem. „Ich werde es heute noch meinen Freundinnen erzählen. Ich rufe gleich alle an. Sie müssen es doch auch wissen. Wunderbar, toll!“

Anja lächelte zufrieden. „O ja, ich wäre Ihnen sehr verbunden, wenn Sie es im Dorf verbreiten könnten. Das wäre wichtig für mich, sehr wichtig. Es würde das Geschäft ankurbeln. Sagen Sie allen, dass das Tiramisu ab morgen hier in der Pasticceria erhältlich ist, ja?“

„Selbstverständlich, mein Kind. Ach, wie viel bekommen Sie denn dafür?“

Anja deutete der Signora, dass sie ihr Portmonee stecken lassen sollte. Sie weigerte sich, auch nur einen Cent anzunehmen, so glücklich war sie.

Später an diesem Nachmittag kam Leo vorbei, die inzwischen gar nicht mehr hinkte. Ihre Bänderzerrung heilte gut. Nun machte sie es sich auf dem Sofa gemütlich und ihre Augen wurden groß, als sie von Anja die Neuigkeiten erfuhr.

Sie stieß einen Freudenschrei aus. „Mamma mia! Die Leute werden dir die Bude einrennen, ganz bestimmt.“ Sie sprang auf und rannte hinter die Theke.

„Leo, pass auf!“ Anja lachte. „Nicht, dass du dir noch einmal etwas zerrst.“ Dann umarmten sie sich.

Nachdem sie sich voneinander gelöst hatten, holte Anja zwei weitere Portionen aus der Backstube, die sie nun gemeinsam kosteten.

„Wow, ja, wirklich gut!“ Leo sah nach den ersten Gabelbissen verzückt drein.

Zum ersten Mal probierte nun auch Anja ihr Tiramisu. Espresso, Zucker, Kakao und Mascarpone sorgten für den typischen Geschmack, dazu dieser Hauch von Orange. Das harmonierte perfekt. Eine einzigartige Komposition.

„Mmh, ja, lecker“, sagte sie, denn es war tatsächlich köstlich.

„Liebste, du musst dich auf morgen vorbereiten“, drängte Leo, als sie aufgegessen hatte. „Stell dich heute

Abend noch in die Backstube! Wie viele Formen besitzt du denn? Ich habe zu Hause zwei, soll ich sie dir bringen? Mach den ganzen Kühlschrank voll mit Tiramisu. Am besten siebzig oder achtzig Portionen oder noch mehr. Die Leute werden in Scharen kommen."

Anja machte eine beschwichtigende Geste und musste grinsen. „Mach mal halblang." Leo war wieder einmal zu überschwänglich. Manchmal kannte ihre Freundin kein Maß und Ziel. „Stimmt schon, Signora Stronzelli hat versprochen, ihren Freundinnen von dem Tiramisu zu erzählen, aber das bedeutet noch lange nicht, dass morgen ganz Crevello hier auf der Matte stehen wird", argumentierte sie.

„Na, wenn du dich da nicht täuschst", erwiderte Leo. „Wir Italiener sind unberechenbar, vor allem, wenn es um leckeres Essen geht."

Schließlich einigten sie sich darauf, dass Anja drei große Formen vorbereiten würde. Dreißig Portionen, das musste doch ausreichen.

„Wenn sich die alle verkaufen, wär ich überglücklich", erklärte sie.

Später machte sich Leo auf den Heimweg und Anja schloss den Laden. Sie hatte keine Zeit zu verlieren. Motiviert begab sie sich in die Backstube und machte sich an die Arbeit. Eine Stunde später schob sie die mit Tiramisu gefüllten Glasformen in die Fächer des Kühlschranks und atmete tief durch. Nun konnte sie Feierabend machen.

Als sie in ihrer Wohnung im Obergeschoss ankam, stach ihr sofort wieder der Papierstapel ins Auge, den sie am Morgen dort abgelegt hatte. Ja, nun hatte sie ein wenig Zeit, um die Rezeptsammlung durchzugehen.

Zuerst sortierte sie die Blätter, denn sie hatte die Rezepte in ihrer Aufregung mit den Briefen und Postkarten durcheinandergebracht. Sie bildete zwei Stapel, die Rezepte kamen auf den linken, alles andere auf den rechten. Oben drauf lag am Ende ein Brief, auf den nun ihr Blick fiel.

„Milena, mein Herz“, las sie die Anrede halblaut vor und nahm ihn in die Hand. Nach den ersten Sätzen war klar, dass es sich um einen Liebesbrief handelte. Sie las weiter. Als sie beim dritten Absatz angelangt war, seufzte sie und lächelte verzückt. Was sie zu lesen bekam, war sehr romantisch.

Sie überlegte und stellte fest, dass sie über Männer in Milenas Leben gar nicht Bescheid wusste. Die Oma war eine kinderlose, unverheiratete Frau gewesen. Als Kind hatte sie sich nie Gedanken darüber gemacht, warum die Dolce Nonna keinen Mann hatte und auch im Erwachsenenalter hatte sie mit Milena nie über dieses Thema gesprochen.

Datiert war der Brief auf den 14. April 1983, gezeichnet war er mit dem Namen Peppino. Sie blätterte weiter. Sämtliche Briefe in dem Stapel stammten von diesem Mann. Auch die Postkarten, die alle den Gardasee als Motiv hatten.

Mittendrin befand sich auch ein Briefumschlag. Sie drehte ihn um und las den Absender: Peppino Ronzano, wohnhaft in Maclino am Gardasee. Für einen Moment stockte ihr Atem. Sie wischte sich durch die Locken. Peppino, ja, Severins Großvater hieß so im Vornamen. Er hatte all die Liebesbriefe an Milena geschrieben. Hatten sich Milena und Severins Opa also viel näher gekannt, als es ihr bisher bewusst gewesen war? Tja, anscheinend …

Die Türklingel riss sie aus den Gedanken. Sie legte den Brief weg und ging hinunter. Nachdem sie geöffnet hatte, stand Severin vor ihr.

Er lächelte sexy. „Hey du“, sagte er mit rauer Stimme.

Er trug eine schmale schwarze Hose und ein eng anliegendes Hemd, das seinen sportlichen Körperbau betonte. Ein dunkles Sakko hatte er sich lässig über die Schulter geschwungen und seine Haare waren nicht so verwuschelt wie normalerweise, sondern ordentlich frisiert. So hatte sie ihn noch nie gesehen. Er sah anders aus, aber genauso hinreißend.

„Hi“, begrüßte sie ihn und spürte dabei ihren Herzschlag. Hatte er sich extra für sie so schick gemacht? Was hatte er vor? Eigentlich waren sie ja gar nicht verabredet.

Hatte sie sich gerade noch mit Milenas Liebesaffäre in den Achtzigerjahren beschäftigt, so beherrschten plötzlich die aktuellen Ereignisse wieder ihre Gedanken. Die letzte Nacht. Ja, sie war wundervoll gewesen und Severin fand sie seither nur noch unwiderstehlicher.

Wie sollte es jetzt mit ihnen weitergehen? In all der Aufregung, die sie tagsüber wegen der Tiramisu-Verkostung gehabt hatte, war sie gar nicht dazugekommen, darüber nachzudenken.

„Darf ich reinkommen, hm?“

„Ja, klar.“

Sie gingen nach oben und sie erzählte von der Verkostung. „Es ist geschafft!“, verkündete sie stolz. „Das Tiramisu schmeckt genauso wie Milenas. Signora Stronzelli hat‘s mir bestätigt.“

„Echt? Wow, cool!“ Er legte seine Hände an ihre Hüften.

„Die Signora hat versprochen, dass sie all ihren Freundinnen davon erzählen wird. Leo hat gemeint, ich soll für morgen am besten gleich einen ganzen Kühlschrank voller Tiramisu vorbereiten“, berichtete sie weiter und lachte. „Na ja, ich habe es nun einmal bei drei Formen belassen. Hoffentlich gehen die weg.“

Severin hatte ihr nickend zugehört. Nun überraschte er sie mit einem Kuss. „Würde mich wundern, wenn nicht“, sagte er danach. Immer noch ihre Hände haltend fuhr er fort: „Eine einzigartige Süßspeise, zubereitet von der süßesten Frau der Welt. Wer kann da bitte schon widerstehen?“

„Ach …“

Dann fiel ihr Blick auf den Küchentisch mit den Rezepten und den Liebesbriefen. „Hm, hast du eigentlich gewusst, dass Milena und dein Opa, nun ja, dass sie wohl … etwas miteinander hatten?“, sprach sie ihn darauf an.

„Ähm, nein.“ Er hob die Augenbrauen. „Wie meinst du denn das?“

„Lies mal!“ Sie überreichte ihm den obersten Brief, den er schließlich überflog.

Als er damit fertig war, erwiderte er kopfschüttelnd: „Nö, das hab ich nicht gewusst. Der Brief ist aus den frühen Achtzigern, das war also kurz nachdem Opa wieder an den Gardasee zurückgezogen ist.“ Er überlegte. „Hab dir ja erzählt, dass er damals immer wieder Andeutungen über eine Frau gemacht hat.“

„Stimmt.“ Anja erinnerte sich und dachte laut nach: „Anscheinend ist er aus Crevello weggezogen, obwohl er Milena liebte?“

„Hm, sieht so aus, ja.“ Noch einmal betrachtete er den Brief, legte ihn aber schließlich wieder auf den Tisch.

„Es liest sich so, als wäre es eine heimliche Affäre gewesen, aber Milena war doch ohnehin alleinstehend. Das versteh ich nicht.“

„Stimmt, eigentlich hat‘s keinen Grund für Heimlichtuerei gegeben. Opa war damals ja schon seit vielen Jahren Witwer gewesen.“ Nachdenklich sah er sie an.

„Es muss schrecklich sein, wenn man seine Liebe nicht leben darf. Glaubst du, dass dein Opa deshalb so geworden ist? Na ja, du weißt schon.“

„Hm.“ Er zuckte mit den Schultern. „Mein Opa war immer schon etwas sonderbar, manchmal. Aber sicher, in den letzten Jahren ist es schlimmer geworden.“

Anja nahm den Brief und legte ihn zurück auf den Stapel. Neue Fragen taten sich auf, anderes bekam aber jetzt eine gewisse Logik.

Tja, vielleicht hatte Severins Opa seiner geliebten Milena einmal eine Flasche Ronzancello geschenkt und ihr war die Idee gekommen, mit dem Likör das Tiramisu zu verfeinern – und so hatte sie das einzigartige Rezept erfunden. Und die Tatsache, dass ihre Affäre mit Peppino Ronzano eben nicht offiziell war, könnte auch ihre Geheimniskrämerei um das Rezept mit der speziellen Zutat erklären.

Der Stapel mit den Briefen war hoch. Sicher, sie könnte alle durchlesen, dann würde sie möglicherweise Antworten auf die eine oder andere noch offene Frage bekommen. Sofort meldete sich in ihr aber eine mahnende Stimme zu Wort. Es war nicht in Ordnung, herumzuschnüffeln. Es waren intime Schreiben, die nicht für ihre Augen bestimmt waren. Die Angelegenheit lag Jahrzehnte in der Vergangenheit. Warum Milena und Peppino so gelebt hatten und nicht anders, musste sie nicht verstehen und dabei wollte sie es auch belassen.

Im Hier und Jetzt spielten nur die Rezepte eine Rolle. Sie beschloss, nur sie zu behalten und die Briefe und Postkarten wieder dort zu deponieren, wo Milena sie hinterlassen hatte: in der Truhe auf dem Speicher.

Severin ergriff wieder das Wort: „Als wir gestern am Gardasee waren, hab ich mir ohnehin vorgenommen, Opa wieder öfter zu besuchen. Vielleicht öffnet er sich ja, wenn wir mehr Kontakt haben."

„Eine schöne Idee", fand sie und lächelte.

„Vielleicht möchte er die Briefe ja haben. Ich könnte, ähm, oder wir könnten ja mal andeuten, dass wir sie gefunden haben. Na ja, falls du mich begleiten willst." Er strich ihr sanft über die Wange und seine Augen funkelten tiefgründig.

„Natürlich, gerne komme ich mit. Irgendwann werde ich ohnehin wieder mit ihm in Verhandlungen treten müssen. Auch zwanzig Flaschen Ronzancello werden mal aufgebraucht sein."

Verträumt betrachtete er sie und gab ihr einen Kuss auf den Mund. Danach zog er die Augenbrauen hoch, als wäre ihm gerade etwas eingefallen. Sein Zeigefinger schoss in die Höhe.

„Eigentlich bin ich ja gekommen, weil ich dich überraschen wollte.“

„Soso, womit denn?“

Er grinste frech. „Verrate ich nicht, sonst wär‘s ja keine Überraschung. Hoffentlich hast du heute Abend noch nichts vor. Fahren wir nach Verona, hm?“

„Verona, was wollen wir denn in Verona?“

„Wie gesagt, es ist eine Überraschung. In etwa einer Stunde sollten wir dort sein.“ Er biss sich sanft auf die Lippe und bekam einen schelmischen Gesichtsausdruck. Ihm war anzusehen, dass es ihm nicht leicht fiel, nichts zu verraten.

„Okay“, sagte sie neugierig. Eigentlich mochte sie keine Überraschungen. Nun war sie aber aufgeregt und musterte ihn. Die dunklen Jeans, das weiße Hemd, das Sakko, die ordentliche Frisur. „Sieht so aus, als gäbe es für das, was wir vorhaben, einen gewissen Dresscode.“

„Hm, na ja, vielleicht.“ Grinsend zuckte er mit den Schultern.

Sie blickte an sich herab. Sie war ja gerade erst aus dem Laden gekommen, deshalb trug sie nur ein schlichtes T-Shirt und Jeans, die ehrlich gestanden schon etwas abgewetzt aussahen. „So kann ich wohl nicht mitkommen?“

„Könntest du schon. Bei einer so schönen Frau, ist es doch egal, was sie trägt.“

„Severin.“ Sie seufzte. Ja, vom Komplimentemachen verstand er definitiv etwas. Im Moment hätte sie aber zumindest einen kleinen Hinweis gut gebrauchen können. „Gib mir eine Sekunde, ich muss mich nur schnell umziehen, ja?“

„Ist gut.“

„Nimm dir etwas zum Trinken, habe alles Mögliche im Kühlschrank“, rief sie, bevor sie im Badezimmer verschwand.

Zum Glück war sie eine Frau, die sich dort nie lange aufhielt. Jeder Handgriff saß, als sie ins kleine Schwarze wechselte, sich Make-up auftrug und die Frisur richtete. Sicher, das Kleid rief Erinnerungen wach. An die Fahrt nach Verona mit Ludwig und an den verkorksten Abend in dem Nobelrestaurant. Jetzt war das Gefühl aber ein völlig anderes. Sich für Severin hübsch zu machen, war aufregend.

Selbst wenn ihr das Schicksal gerade einen Streich spielte und er sie in dasselbe Restaurant ausführen sollte, würde der Abend mit ihm tausendmal schöner werden als das lahme Gespräch mit Bitcoin-Ludwig, davon war sie sich überzeugt.

„Wow“, entfuhr es ihm, als sie wieder das Wohnzimmer betrat. Mit drei schnellen Schritten kam er auf sie zu und nahm sie in die Arme. „Du bist wunderschön, Anja“, sagte er und lächelte. „Wollen wir?“

Sie nickte.

Schließlich machten sie sich auf den Weg nach Verona.

VIERZEHNTES KAPITEL

„Die Arena!“, rief sie. „Sag nicht, dass wir in die Arena gehen.“ Sie sah Severin an. Gebannt wartete sie auf eine Reaktion.

Ein wissendes Lächeln umspielte seine Lippen und wieder funkelten seine Augen. Ohne ein Wort zu sagen, ließ er seine Hand langsam in seine Sakkotasche gleiten. Ruckartig zog er sie wieder heraus.

„Erraten, richtig!“, stieß er hervor und hielt ihr zwei Tickets unter die Nase, die er ihr im nächsten Moment überreichte.

„Du bist ja wahnsinnig!“ Sie lachte vergnügt und fiel ihm um den Hals.

Tja, es war nicht mehr schwer zu erraten gewesen. Immerhin befanden sie sich ja bereits vor der Arena. Trotzdem konnte sie es immer noch nicht fassen. Tickets für die Arena. War Severin denn verrückt geworden? Sie wusste, wie teuer die waren.

Während der Fahrt war ihm nicht der kleinste Hinweis zu entlocken gewesen. Jeden ihrer Versuche, etwas über das Abendprogramm zu erfahren, hatte er gekonnt abgeblockt. Schließlich waren sie ins Zentrum der Stadt gefahren und hatten sich den festlich gekleideten Menschen angeschlossen, die auf das Amphitheater zuströmten.

Jetzt befanden sie sich direkt vor dem antiken Gebäude. Die Arena sah aus wie das Kolosseum in Rom, nur etwas niedriger. Anja ließ ihren Blick über die in zwei Etagen aufeinandergestapelten Mauerbögen gleiten. Es war schon dunkel. Scheinwerfer beleuchteten das Gebäude von allen Seiten. Es war ein imposantes Bild.

In der Zeit der Alten Römer hatten hier Gladiatorenkämpfe stattgefunden. Wie es sich für einen eingefleischten Opernfan gehörte, wusste Anja sehr viel über die Arena, denn nun war sie die Spielstätte spektakulärer Operninszenierungen. Im Sommer kamen viele Touristen nur deshalb nach Verona, um einen dieser Opernabende hautnah mitzuerleben.

Ja, eigentlich war es eine Schande, dass sie die Arena bisher noch nicht besucht hatte, obwohl Crevello nur einen Katzensprung von Verona entfernt war. Erst unlängst hatte sie sich im Internet über die Eintrittspreise informiert, die Seite aber rasch wieder geschlossen. Nein, das konnte sie sich wirklich nicht leisten. Gerade wegen der Pasticceria durfte sie momentan keine zu großen Sprünge machen.

Sie betrachtete die Tickets. La Traviata von Guiseppe Verdi wurde gespielt, eine ihrer Lieblingsopern. Wie wundervoll!

„Woher wusstest du denn, dass ich Opern liebe?“, fragte sie ihn.

„Na, du hast es mir erzählt, damals in der Weinbar. Weißt du nicht mehr?“, erwiderte er.

Ja, richtig, sie hatten sich an dem Abend, an dem sie sich zum ersten Mal geküsst hatten, tatsächlich kurz über ihre Musikgeschmäcker unterhalten. Da hatte sie ihre Leidenschaft für Opern wohl erwähnt. Wie oft hatte sie Ludwig gesagt, ja ihn darum gebeten, dass er sie einmal in die Oper begleiten würde. Kein einziges Mal hatte er es getan. Jedes Mal hatte er mit einem verständnislosen Kopfschütteln reagiert. Seine Standardantwort: Er bekäme Zahnschmerzen, wenn er einer Opernsängerin zuhören müsste. Bei Severin hatte ein Halbsatz gereicht und er überraschte sie mit einem Abend in der Arena.

„Die Tickets müssen aber sündhaft teuer gewesen sein“, bemerkte sie nun. Verlegen betrachtete sie sie und rieb ihre Finger an dem kartonierten Papier. Bestimmt war der Preis darauf abgedruckt. Sie wagte es sich nicht, nachzuschauen. „Wie bist du überhaupt so spontan an sie gekommen? Die Arena ist normalerweise auf Monate im Voraus ausverkauft.“

Er machte eine wegwischende Handbewegung. „Ach, du weißt doch, ich hab Sponsoren."

„Wie?"

„Na ja, eine Firma, die unser Radteam unterstützt, betreibt auch Kultursponsoring. Sie gehört zu den Kooperationspartnern der Arena. War ganz easy, an die Karten zu kommen." Er zwinkerte. „Aber lass uns nun reingehen und den Abend genießen, hm?"

„O ja!"

Er nahm ihre Hand und sie gingen auf den Eingang zu.

Von innen sah die Arena noch gewaltiger aus. Wo früher die Gladiatoren gekämpft hatten, befanden sich nun die Bühne und davor Zuschauerreihen aus rotem Samt. Rundherum wuchsen die alten Tribünen hoch. Zu hören waren Geigen-, Trompeten- und Klarinettentöne. Das Orchester stimmte sich gerade auf die Aufführung ein.

Überall waren nun Zuschauer unterwegs, die ihre Plätze suchten. Die Arena fasste an die zwanzigtausend Menschen. Das hatte Anja, als sie letztens nach den Eintrittspreisen geguckt hatte, im Internet gelesen.

„Hier, unsere Plätze!", verkündete Severin, als sie in der Mitte der Tribüne angelangt waren.

Sie blickte sich um. „Wow, die Sicht auf die Bühne ist von hier aus ja perfekt", freute sie sich.

Schließlich nahmen sie Platz. Severin legte seinen Arm um ihre Schulter und drückte ihr einen Kuss auf die Stirn. Es war unglaublich, sie saß mit Severin in der Arena von Verona und wartete auf La Traviata. Es war zu verrückt, um wahr zu sein. Heimlich kniff sie sich in den Handrücken und stellte fest: Doch, es war real.

Während sich die Sitzreihen weiter füllten, unterhielten sie sich über das Stück und Severin warf ihr immer wieder zärtliche Blicke zu, die auf ihrer Haut kitzelten. Entweder war er auch Opernfan und hatte es bisher nur nicht verraten oder er hatte sich eingehend auf den Abend vorbereitet – jedenfalls kannte er die

Geschichte der tuberkulosekranken Violetta, um die es in La Traviata ging, bis ins letzte Detail.

Dann gingen die Scheinwerfer aus und in der Dunkelheit erklang die Ouvertüre. Wie immer, wenn sie sich eine Oper anguckte, fühlte sie sich wohl, diesmal war das Gefühl aber viel intensiver: Pures Glück durchflutete sie.

Die Inszenierung war pompös. Die Sänger traten vor einem kunterbunten Bühnenbild auf. Sie hatten opulente Kostüme an und die Sopranistin, die die Violetta gab, brillierte. Es war genauso, wie Anja sich eine Opernaufführung in der Arena bisher immer vorgestellt hatte. Als die Szene mit dem Maskenball über die Bühne ging, trugen die Hauptdarsteller goldene Gesichtsmasken, die mit Pfauenfedern verziert waren und sehr venezianisch aussahen, obwohl das Stück eigentlich in Paris spielte. Na ja, aber sie befanden sich hier eben in Venetien.

Anja summte die Arie mit. Sie kannte die Melodien aus La Traviata in- und auswendig. Schließlich bemerkte sie, dass Severin sie beobachtete. Sein Blick war verträumt. Er nahm ihre Hand und streichelte sie mit dem Daumen. Sie ließ es zu, wie schon mehrmals zuvor an diesem Abend. Es fühlte sich gut und richtig an.

„Toll, grandios, fantastisch, nicht wahr?“ Nachdem der Vorhang zum letzten Mal gefallen war, konnte sie sich kaum halten vor Begeisterung.

Er nickte und strahlte, dann zog er sie an sich heran und küsste sie. „Cool, dass es dir gefallen hat, hm“, sagte er sanft in ihr Ohr. Ihr lief ein heißer Schauer über den Rücken. Wieder jagte ein Glücksgefühl durch ihren Körper.

Eigentlich wäre es am klügsten gewesen, wenn sie nach der Vorstellung direkt nach Hause gefahren wären. Schlaf hatte sie bitter nötig, denn die vergangene Nacht war kurz gewesen und auf sie wartete ein weiterer Tag in der Pasticceria, möglicherweise der bisher wichtigste. Und Severin ging es nicht anders.

Bei ihm stand am Vormittag Kraft- und Konditionstraining an, wie er ihr in der Pause verraten hatte. Trotzdem beschlossen sie, diesen wunderschönen Abend bei einem Gläschen Rotwein ausklingen zu lassen. Tja, manchmal musste man eben unvernünftig sein.

Rund um die Arena gab es zwar einige urige Trattorien, aus denen das Flackern von Kerzenlicht und fröhliches Gelächter kamen, dennoch fuhren sie zuerst zurück nach Crevello, denn auch in ihrem Dorf hatten sie ja eine hübsche Weinbar, in der nun auch Severin, der Autofahrer, etwas trinken konnte.

„Ein Wahnsinn, die Violetta. So ausdrucksstark! Und erst der Alfredo. Und der Giorgio, ein stimmgewaltiger Bariton, wow!“ Anja kam aus dem Schwärmen gar nicht mehr raus.

Severin nahm einen Schluck Lambrusco und sah sie dabei an. Dann wischte er sich durch seinen Pony und lächelte verlegen. „Muss ja zugeben, es war meine erste Oper.“

„Severin, tausend Dank noch einmal“, sagte sie begeistert. „Die Überraschung ist dir wirklich gelungen. Ich hoffe, du hast dich nicht gelangweilt, aber für mich sind Opern eben … ja, einfach das Größte!“

„Überhaupt nicht“, widersprach er energisch. „War total beeindruckend, so etwas mal mitzuerleben. Echt crazy.“ Nun gingen seine Mundwinkel nach oben und er zeigte ein umwerfendes Lächeln. Ein typisches Severin-Strahlen. „Und vielleicht begleitest du mich ja auch mal zu einem Konzert von Hardwell oder Steve Aoki, hm?“

Fragend zog sie die Augenbrauen hoch, denn die Namen sagten ihr nichts.

„Das sind DJs“, erklärte er. „Elektro-House.“ Gleichmäßig wippte er mit dem Kopf, um den Takt dieser Musikrichtung anzudeuten.

„Ach so“, erwiderte sie lachend. Die Musik, die er meinte, kannte sie natürlich. Es war das Wummern, das sie jeden Abend in ihrem Schlafzimmer vernahm.

Anscheinend hatte sie sich in der Zwischenzeit aber daran gewöhnt. In der vergangenen Woche war sie kein einziges Mal deshalb aufgewacht, fiel ihr jetzt auf.

„Wenn es um DJs geht, kann ich zwar nicht mitreden, weil ich mich damit wirklich nicht auskenne, aber natürlich würde ich mitkommen, ist doch klar."

Er sah sie lange an und sein Gesichtsausdruck wechselte von fröhlich strahlend zu verträumt. Schließlich nahm er ihre Hände und sagte: „Anja, hat dir eigentlich schon einmal jemand gesagt, dass du eine Wahnsinnsfrau bist." Bei dem Satz war ein Hauch seines Schweizer Dialekts durchgekommen und das war ausgesprochen sexy.

Im nächsten Moment küsste er sie leidenschaftlich. Hitze kroch in ihre Wangen. Er war ein fantastischer Küsser. „Hab mich in dich verliebt, Anja", sagte er ihr zwischen zwei Küssen rau ins Ohr.

In ihrem Kopf begann eine wilde Karussellfahrt. Die Gedanken drehten sich.

Hatte er gerade gesagt, dass er sie liebte?

In den vergangenen Tagen hatte sie viel Zeit mit ihm verbracht und ihre Beziehung war spätestens seit letzter Nacht nicht mehr platonischer Natur. Aber galt das für sie auch, liebte sie Severin? In all der Aufregung um die Pasticceria hatte sie sich mit dieser Frage bislang noch nicht auseinandergesetzt.

Fest stand, dass sie ihn anfangs völlig falsch eingeschätzt hatte. Er war definitiv nicht der nervtötende Rowdy, den sie in ihm anfangs gesehen hatte. Im Gegenteil, sie war in ihrem Leben noch keinem Mann begegnet, der nur annähernd so viel Charme hatte wie Severin. Seine zuvorkommende Art, er war gebildet und hilfsbereit, er las ihr jeden Wunsch von den Augen ab, sein sexy Lächeln – Himmel, einen solchen Mann konnte man sich doch nur wünschen!

Nun kam sie sich blöd vor, dass sie ihn zwischenzeitig für einen oberflächlichen Frauenheld gehalten hatte, nur weil sie das Gespräch der beiden jungen Frauen belauscht hatte, in dem es ja nicht einmal um Severin gegangen war. Er war aus einem anderen Holz geschnitzt, hatte er das nicht umfangreich bewiesen?

Und dazu kam noch sein umwerfendes Aussehen. Und seine Art zu küssen, die gerade ein Kribbeln und viele kleine Explosionen in ihr auslöste. Die Funken sprühten. Heiße Stöße jagten durch ihren Körper. Jetzt lösten sich ihre Lippen wieder voneinander.

„Ich liebe dich, Anja“, sagte er, während er sie ansah. In seinen dunklen Augen spiegelte sich das Kerzenlicht. Im nächsten Moment machte er mit dem Küssen weiter.

Ach ja, und das Alter! Sicher, ein um acht Jahre jüngerer Mann passte eigentlich nicht zu ihr. Eigentlich … Hm, vielleicht war es aber an der Zeit, gewisse Lebensgrundsätze zu überdenken. Milena und Peppino fielen ihr ein – und die Affäre, die die beiden offenbar miteinander gehabt hatten. Milena wäre nun vierundneunzig gewesen, Peppino war hingegen noch knackige sechsundachtzig. Auch Milena hatte also etwas mit einem um acht Jahre jüngeren Mann gehabt. Es war exakt dieselbe Konstellation. Aus welchen Gründen Milena und Peppino ihre Liebe nicht gelebt hatten, würde sie möglicherweise nie erfahren. Allerdings wusste sie, dass es keinen einzigen Grund gab, warum Severin und sie ihre Liebe nicht leben sollten.

Deshalb sagte sie, als der Kuss beendet war: „Severin, ich liebe dich auch.“

FÜNFZEHNTES KAPITEL

Ihr Kopf fühlte sich so an, als würde ihn jemand mit Hammer und Meißel bearbeiten. Sicher, es war unvernünftig gewesen. Ein Glas Rotwein hätte auch gereicht, leider waren es aber drei geworden. Und Schlaf hatte sie in der vergangenen Nacht so gut wie gar keinen bekommen. Severin war bei ihr gewesen. So glücklich, wie sie war, ließ sich sogar der schlimmste Kater ertragen.

Dennoch half sie nach und schluckte eine Kopfschmerztablette, bevor sie den Laden öffnete. Danach schleppte sie Stühle und Tischchen auf die Piazza und malte das Wort *Tiramisu* auf die Schiefertafel. Hoffentlich würde ihr Plan aufgehen, hoffentlich würden heute wenigstens um ein paar Kunden mehr kommen als bisher, hoffentlich waren all ihre Bemühungen nicht umsonst gewesen.

Zurück im Laden ließ sie sich ins Sofa sinken und dachte an Severin. Vor etwa einer Stunde war er mit Marco und Simone aufgebrochen. Sie hatten die Bikes aufs Autodach gepackt und waren hoch in Richtung Gardaseeberge gefahren. Konditionstraining. Am späten Nachmittag wollten sie zurück sein. Ob es ihm nun ähnlich ging? Bei der Vorstellung, sie müsste in ihrem aktuellen Zustand mit dem Fahrrad einen Berg hochstrampeln, lief ihr ein kalter Schauer über den Rücken. Aber Severin war eben Spitzensportler und außerdem, nun ja, acht Jahre jünger. Wahrscheinlich steckte er eine solche Nacht leichter weg.

Schließlich kamen die ersten Gäste, drei ältere Damen. Sie erhob und straffte sich, dann setzte sie ihr Service-Lächeln auf und begrüßte sie. Tatsächlich, das Trio bestellte nicht nur Kaffee, sondern auch Tiramisu. Sie eilte hinter den Tresen und richtete die Portionen an.

„Tiramisu nach Milenas Originalrezept“, kommentierte sie stolz, als sie die Teller servierte.

„Herrlich! Wissen Sie, gestern wurde uns berichtet, dass es das berühmte Tiramisu auf der Piazza Vicenza wieder gibt. Das wollen wir uns natürlich nicht entgehen lassen, nicht wahr?“, erwiderte eine der Damen und sah in die Runde. Ihre Begleiterinnen stimmten ihr vergnügt lachend zu.

„Wie schön, lassen Sie es sich schmecken, die Damen!“ Erfreut spazierte Anja zurück in den Laden und bemerkte, dass der Kater in der Zwischenzeit deutlich nachgelassen hatte. Sie war Signora Stronzelli unendlich dankbar. Anscheinend funktionierte das Stille-Post-System in Crevello hervorragend.

Wenige Minuten später erschien die Signora höchstpersönlich und sie hatte zwei weitere Freundinnen im Schlepptau. Auf der Piazza wurden Tische zusammengerückt und Anja verkaufte drei weitere Portionen. Auf einem der übrigen Tische ließ sich unterdessen einer jener Männer nieder, die normalerweise immer nur Espresso tranken. Dass sich die Damenrunde lautstark über das köstliche Tiramisu unterhielt, weckte offenbar seine Neugier und auch er bestellte eines.

Etwas später beobachtete Anja zwei Mütter mit Kinderwägen. Sie hatte sie schon öfter über die Piazza schlendern sehen. Jedes Mal hatten sie die Pasticceria aber links liegen gelassen. Von dem Trubel angelockt hielten sie diesmal vor der Schiefertafel, betrachteten sie und berieten sich. Schließlich setzten sie sich an den letzten freien Tisch und bestellten Tiramisu.

Meine Güte, nun hatte sie gerade einmal seit einer Stunde offen und es waren schon zehn der dreißig Portionen verkauft. Hätte sie auf Leo hören und viel mehr vorbereiten sollen?

Ach nein. Sie wischte den Gedanken weg. Bestimmt war es nur Zufall, dass das Geschäft ausgerechnet in der ersten Stunde so gut lief. Davon durfte sie sich nicht täuschen lassen. Hätte sie zu viel vorbereitet, würde sie am Ende gar etwas in den Müll kippen müssen. Das wäre nicht nur unendlich schade, dafür war auch der Ronzancello definitiv zu kostbar.

Allerdings ging es in dieser Tonart weiter. Es war noch nicht einmal Mittag, als sie Portion Nummer fünfzehn verkaufte.

„Exzellent, Signora, es schmeckt wirklich genauso wie damals!" Eine Frau mittleren Alters mit Hochsteckfrisur sah Anja begeistert an, als sie gerade den leeren Teller abservierte. Danach erhielt sie ein großzügiges Trinkgeld. Nicht zum ersten Mal an diesem Tag.

Dass das Geschäft über Mittag zurückging, war nicht verwunderlich. Selbst an ihren besten Geschäftstagen war dies so gewesen. Tja, zwischen zwölf und vierzehn Uhr aßen die Leute eben lieber Herzhaftes als Dolci.

Diesmal war es Anja aber nur recht. Als im Gastgarten Ruhe eingekehrt war, huschte sie schnell in die Backstube, schlug Eier auf, legte eine Glasform mit Löffelbiskuits aus und stellte Espresso und Ronzancello bereit. Jeder Handgriff saß. Im Tiramisumachen hatte sie mittlerweile viel Routine. Eilig bereitete sie Nachschub vor. Mindestens drei Stunden musste das Tiramisu im Kühlschrank ruhen, so sah es Milenas Rezept vor.

Für den späten Nachmittag war sie nun aber gerüstet. Und das würde nötig sein, sollte das Geschäft weiterhin so gut laufen. In den letzten beiden Stunden vor Ladenschluss kamen nämlich erfahrungsgemäß die meisten Gäste.

Tatsächlich, zwei Stunden später lief das Geschäft wieder an und kurz vor fünfzehn Uhr entstand zum ersten Mal die Situation, dass alle Tischchen auf der Piazza und auch die beiden Sofas im Laden besetzt waren. Genau in diesem Moment kamen aber schon wieder neue Gäste. Ein älteres Ehepaar, das sich erkundigte, ob es wirklich wahr war, dass hier Tiramisu nach Milenas Originalrezeptur erhältlich wäre.

Anja bejahte. „Tut mir leid, ich habe aber, wie Sie sehen, momentan keinen freien Tisch. Leider“, fügte sie hinzu und zuckte entschuldigend mit den Schultern.

„Ach, das ist doch kein Problem, Signora, wir warten gerne“, erwiderte die Frau. Tatsächlich ging das Paar nicht hinunter zur Piazza Cardinale, auf der es ja auch eine Pasticceria gab, die bestimmt ebenfalls Tiramisu im Angebot hatte. Nein, die beiden spazierten um die Mariensäule und behielten dabei stets die Tischchen im Auge. Als eines frei wurde, ergriffen sie sofort die Gelegenheit und setzten sich. Zu diesem Zeitpunkt trafen bereits die nächsten Gäste ein, die nun ebenfalls warten mussten.

Die allermeisten Gäste bestellten tatsächlich Tiramisu, aber auch Torta Caprese, Struffoli oder Zitronencremetorte gingen viel besser weg, als sie es bisher gewöhnt war. Dasselbe galt für Espresso, Latte macchiato und Cappuccino – die Kaffeemaschine war in Dauerbetrieb. Manche Gäste kauften auch noch ein Tütchen Pralinen, bevor sie gingen. Anja flitzte mit vollbeladenem Tablett hinaus auf die Piazza, dann ging es zurück in den Laden. An der Kasse druckte sie eine Quittung aus und im nächsten Moment räumte sie bereits die Spülmaschine ein.

Sie war atemlos, als sie sich endlich einmal eine kurze Pause gönnen konnte. Sofort griff sie zum Handy und rief Leo an, der sie in ein paar knappen Sätzen berichtete, was hier los war.

„Natürlich, ich komme sofort“, kam es aus dem Telefon. „Ich mach im Büro früher Schluss, ja?“

„Danke, danke, du bist einfach die Beste.“

Eine Viertelstunde später tauchte ihre Freundin tatsächlich auf. „Mamma mia!“, rief sie freudig, als sie den Trubel sah. „Wie viel Tiramisu hast du denn schon verkauft?“

„An die fünfzehn Portionen hab ich noch. Von gestern ist alles weg, hab zu Mittag neues gemacht“, erklärte sie hastig.

„Na, dann aber schnell in die Backstube! Hier heraußen übernehme ich“, entschied Leo.

„Aber das hat doch keinen Sinn“, widersprach sie. „Es muss drei Stunden kaltgestellt werden. Bis ich es verkaufen kann, ist längst Ladenschluss.“

„Na und?“ Leo schüttelte verständnislos den Kopf. „Dann halten wir heute eben länger offen. Los, ab in die Backstube!“

„Aber …“

„Mach Tiramisu!“ Sie machte eine scheuchende Geste.

„Ist ja gut, bin schon unterwegs.“ Ergeben bewegte sich Anja in die Backstube und griff zu Löffelbiskuits und Mascarpone. Sie hörte, wie sich Leo im Laden mit den Gästen unterhielt. Immer wieder zischte die Espressomaschine, dann piepte die Kasse.

Wahnsinn, ihr Plan war also tatsächlich aufgegangen! Das Tiramisu nach Milenas Originalrezept wirkte wie ein Magnet auf die Leute. Ein Stimmengewirr drang in die Backstube. Anscheinend kamen sie weiterhin in Scharen.

„Mach auch noch Torta Caprese“, rief Leo nun von draußen. „Wir haben nur noch zwei Stück.“

„Ja, ist gut, mach ich.“ Während Anja die Mascarponemasse auf den Biskuits verteilte, ging sie in Gedanken bereits durch, ob sie noch ausreichend Zutaten für die Torte hatte.

Eine gute halbe Stunde verging. Das Tiramisu war bereits kaltgestellt und sie füllte gerade den schokoladigen Teig in die Tortenform. Dann wischte sie sich die Hände in der Schürze ab, als sie plötzlich von hinten umarmt wurde.

„Hey, meine Süße.“

Severin küsste ihren Nacken und ein wohliges Gefühl rieselte durch ihren Körper. Obwohl sie sich die meiste Zeit auf Deutsch unterhielten, sprach er ab und zu auch ein paar Worte auf Italienisch mit ihr. So auch in diesem Moment.

Er hatte sie noch nie zuvor mit Kosenamen genannt. Meine Süße – *mia dolcezza* – gefiel ihr außerordentlich gut. Und da sie ja den halben Tag damit verbrachte, Dolci herzustellen, war es irgendwie auch passend. Sie drehte sich zu ihm und er legte seine Hände auf ihre Hüften.

„Ciao." Sie strahlte ihn an. „Wie war das Training?"

„Schon heavy." Er zuckte grinsend mit den Schultern. „Zu viel Wein, zu viel Sex letzte Nacht. Na ja, ein Rennen hätte ich heute nicht gewonnen. Zum Glück fand keines statt." Sie lachten miteinander. „Können wir rauf in deine Wohnung, den Küchentisch holen?", fragte er schließlich. „Es sind ja immer noch Leute da, die warten müssen."

Sie runzelte die Stirn. „Wie bitte?"

„Na, wir wollen deinen Küchentisch auch noch auf die Piazza stellen. Unsere komplette Wohnzimmereinrichtung steht ja schon draußen."

Wovon redete Severin nur? Sie verstand es nicht, löste sich von ihm und ging in den Laden.

„Ach, du meine Güte!", stieß sie hervor und schnappte nach Luft, als sie durchs Fenster auf die Piazza blickte. Neben den fünf Pasticceria-Tischchen befanden sich dort nun zahlreiche weitere Möbelstücke: eine Ledercouch samt Tisch sowie ein größerer Tisch, der von Küchensesseln und Schreibtischstühlen umgeben war – waren das alles Einrichtungsgenstände aus dem Haus der Mountainbiker? Überall saßen Leute. Marco und Leo trugen gerade einen leergeräumten Schreibtisch aus dem Haus, während Simone aus einem ausrangierten Fahrradsattel eine kuriose Sitzgelegenheit bastelte.

„Na ja, Leo hat uns gesagt, wir sollen die Sachen aus unserem Wohnzimmer holen", erklärte Severin und sah sie entschuldigend an. „Damit die Leute nicht so lange warten müssen."

Anja lief auf ihre Freundin zu. „Leo, nein, das können wir doch nicht tun. Ich habe doch nur eine Genehmigung für fünf Tische."

„Genehmigung, ach was!“ Leo lachte. Sie stellte den Tisch ab und warf im nächsten Moment die Arme in die Luft. „Du weißt doch, ich arbeite im Büro des Bürgermeisters. Hiermit erteile ich dir deine Genehmigung.“

„Signora, die Rechnung bitte“, rief ein Mann und Leo lief zu ihm.

Fassungslos betrachtete Anja das Geschehen, das sich hier gerade abspielte. Hinter der Mariensäule, dort wo sich die Gasse befand, die zur Piazza Cardinale führte, tauchte nun eine alte Frau auf. Ihr Gang war schwerfällig, trotzdem merkte man, dass sie alles gab, um sich so schnell wie möglich fortzubewegen. Sie hielt einen durchsichtigen Beutel in der Hand, die sie nun nach oben streckte.

Als sie näherkam, erkannte Anja sie. Es war Florentina, die Obsthändlerin.

„Die Orangenblüten, die Orangenblüten!“, rief sie.

Anja lief auf sie zu. „Florentina!“

„Ganz Crevello redet davon, dass es bei dir Milenas Tiramisu wieder gibt“, berichtete sie aufgeregt. „Hab also meinen Sohn losgeschickt. In den Großmarkt. Zum Glück hatten sie heute Orangenblüten. Die brauchst du doch. Milena hat doch das Tiramisu damit dekoriert.“

„Florentina, du bist ein Schatz.“ Jetzt strahlte Anja über beide Ohren. Sie herzte die Obsthändlerin und nahm die Tüte entgegen. „Komm, setz dich, ich bringe dir gleich auch ein Tiramisu.“

Die Obsthändlerin musterte die merkwürdigen Sitzgelegenheiten und ließ sich schließlich auf einem gerade freigewordenen Bürostuhl nieder.

Währenddessen eilte Anja in den Laden, wo Leo gerade zwei Teller mit Tiramisu auf das Tablett stellte. „Warte noch einen Moment“, rief sie und zog mit spitzen Fingern zwei Blüten aus der Tüte, die sie auf den Tellerrändern platzierte. „So ist‘s perfekt. Jetzt ist es wirklich Milenas Original-Tiramisu.“

„O ja“, rief Leo und nahm das Tablett.

Während sie es zu den Gästen brachte, gönnte sich Anja ein paar Sekunden Pause. Sie lehnte sich an die Vitrine, beobachtete das Treiben auf der Piazza und atmete durch.

„Sieht so aus, als müsstest du dir nun keine Sorgen mehr machen, dass dein Laden nicht läuft, hm?" Das war Severin, der zu ihr gekommen war.

Sie nickte.

„Milena wäre verdammt stolz auf dich", sagte er schließlich und zog sie in seine Arme.

ENDE

IMPRESSUM

Liebe wird aus Tiramisu gemacht
2019
Text: Patrizia von Norden
Gartengasse 2/29, 1050 Wien
Die Geschichte ist frei erfunden. Jede Ähnlichkeit zu tatsächlich existierenden Personen oder Ereignissen ist nicht gewollt und rein zufällig.
Cover: Sarah Buhr / www.covermanufaktur.de unter Verwendung von Bildmaterial von repinanatoly (Zutaten) und Ivenks (Kakaoherz) / Adobe Stock

45939246R00103

Printed in Poland
by Amazon Fulfillment
Poland Sp. z o.o., Wrocław